时代书局

《一千零一夜

从文学 艺术

赵建国◎著

ARTTIME 时代出版
时代出版传媒股份有限公司
北京时代华文书局

图书在版编目（CIP）数据

一千零一夜：从文学到艺术 / 赵建国著. -- 北京：北京时代华文书局，2016. 5（2025.4 重印）

ISBN 978 - 7 - 5699 - 0869 - 5

Ⅰ. ①一… Ⅱ. ①赵… Ⅲ. ①民间故事 - 文学研究 - 阿拉伯半岛地区 Ⅳ. ①I371. 077

中国版本图书馆 CIP 数据核字(2016)第 066361 号

《一千零一夜》：从文学到艺术

著　　者 | 赵建国

出 版 人 | 杨红卫
选题策划 | 席建海
责任编辑 | 王　水
责任校对 | 尚　蕾
装帧设计 | 宗彦辉
责任印制 | 刘　银

出版发行 | 时代出版传媒股份有限公司 http://www. press-mart. com
北京时代华文书局 http://www. bjsdsj. com. cn
北京市东城区安定门外大街 136 号皇城国际大厦 A 座 8 楼
邮编：100011　电话：010-64267120　64267397
印　　刷 | 三河市佳星印装有限公司
（如发现印装质量问题，请与印刷厂联系调换）
开　　本 | 695 × 995mm　1/16
印　　张 | 13. 25
字　　数 | 200 千字
版　　次 | 2016 年 5 月第 1 版　2025 年 4 月第 3 次印刷
书　　号 | ISBN 978 - 7 - 5699 - 0869 - 5

定　　价 | 42. 00 元

目录 Contents

第1章
绪论

阿根廷文学家兼翻译家博尔赫斯在《谈〈一千零一夜〉》一文中说到《一千零一夜》的书名时曾有一段经典的阐述：“我认为，美就美在‘一千’，对我们来说几乎是‘无穷无尽’的同义词。说一千夜，就是无穷无尽的夜晚，很多很多的夜晚，无数个夜晚。说‘一千零一夜’则是给无穷无尽再一次添加。我们想一想英语里奇怪的表达法。常常不说 forever（永远），而说 for ever and a day（永远零一天）。在‘永远’的后面加上一天。这一点使人想起海涅给一个女人的信中说：‘我将爱你至永远及其之后。’无穷尽的想法是‘一千零一夜’固有的。它是所有文学中最伟大的作品之一。据我所知，它在西方比在东方更受珍爱。”博尔赫斯除了对《一千零一夜》的书名做了推想，还道出了一个客观事实：《一千零一夜》不仅可以永远流传，而且西方的翻译传播让《一千零一夜》获得持久的世界性的声誉。重要的是，“它在西方比在东方更受珍爱。”一本原属东方阿拉伯世界的文学名著，却在东方长久以来不受重视，即使在《一千零一夜》的原产地阿拉伯世界，它难以与作为主流文学的诗歌相提并论。关于《一千零一夜》在西方的翻译，美国的比较文学学者大卫·达姆罗什在《跨文化理解之桥》一文有更为细致的论述，他以《一千零一夜》为例，阐述翻译如何让一部文学著作变成世界名著，进而形成世界文学，据此他提出了“世界文学是跨文化理解之桥”的著名论断。

《一千零一夜》的书名和骨干，来自一部名为《赫扎尔·艾福萨那》（Hazar Afsaneh）或称《千个故事》的波斯故事集，这部书在早于10世纪已译成阿拉伯文，成为《一千零一夜》的雏形。《一千零一夜》阿拉伯语语为：كتاب ألف ليلة وليلة。波斯语语为：هزار و یک شب。英译为 The Thousand and One Nights 或 The Arabian Nights 或 The Aranbian Nights。第一个印刷版本的《一千零一夜》，并非阿拉伯文，而是法国东方学家、古物学家安托万·加朗（Antoine Galland）于 1704 至 1717 年间出版的法文译本《一千零一夜》（Mille et une nuits）。加朗的版本依据的主要是叙利亚手稿，但他自由地删改原文，以配合当时的文学口味与道德尺度。加朗的版本一纸风行，欧洲各国的出版商纷纷据此转译、改写，推出各种语言的《一千零一夜》。值得注意的是，《阿拉丁与神灯》与《阿里巴巴与四十大盗》这两个有名的故事，首次出现在加朗的译本中，在叙利亚手稿或任何别的手稿中都没有这两个故事。据加朗说，《阿拉丁》与《阿里巴巴》是由一个阿拉伯基督徒口授，再由他笔录的。加朗的版本问世后，两度有人声称发现《阿拉丁》的手稿，但经过检验，证实都是从加朗的法文“反译”回阿拉伯文的赝品。法国学者让·保罗·塞尔曼（Jean-Paul Sermain）先生所作题为“《一千零一夜》：翻译与创作”的演讲中提及，加朗的贡献主要体现在两方面。其一，在于促使故事集在欧洲广泛传播。在 18 世纪初加朗着手翻译《一千零一夜》之前，故事文学，作为波斯和印度继承阿拉伯穆斯林文化的成果，包括《一千零一夜》中的一些故事在内，在欧洲已有部分流传。加朗的译作在 1704—1717 年间出版，一经出版几乎马上被译成英文，然后又译成其他欧洲语言。当时在阿拉伯世界尚未有印刷版的《一千零一夜》，只有一些手抄本，因为印刷术是在 19 世纪初引进阿拉伯国家的。其二，体现在故事集的构成上。《一千零一夜》中的几个最有名的故事《辛巴德航海历险记》《阿里巴巴和四十大盗》《阿拉丁和神灯》都与他有关。

首个阿拉伯文版本的《一千零一夜》，于 1814 年、1818 年在加尔各答发行，全两册，由当地的威廉堡学院（Fort William College）出版，编者是该学院一名阿拉伯文教授，他以叙利亚手稿为底本，并自行添加了一些新故事。1824 年，第二个版本在布雷斯劳（Breslau），即现在波兰的弗罗茨瓦夫（Wroc aw）发行，全 12 册，出版经数十年，直至 1843 年才出齐，这个版本的文本来源是叙利亚手稿与一份近代的埃及手稿。埃及手稿包含大量近代材料，虽然凑足了一千零一夜，但风格参差不齐，与 14 世纪叙利亚手稿相去甚远。正是根据这个“足本”手稿，1835 年有人在埃及城市布拉克（Bulaq）出版了第三个版本的《一千零一夜》。1839 至 1842 年，有人根据埃及手稿的一个抄本，并参照之前的加尔各答本、布雷斯劳本，在加尔各答出版了第四个版本的《一千零一夜》，通常称为“第二加尔各答本”。由于“布拉克本”和“第二加尔各答本”所收的故事最多，一百多年来各地的翻译者多以这两个版本作为翻译的文本。19 世纪较为有名的西方译本，要数英国探险家、翻译家理查德·弗兰西斯·伯顿爵士（Sir Richard Francis Burton）的 16 册“全译本”（A Plain and Literal Translation of the Arabian Nights' Entertainments, Now Entitled the Book of the Thousand Nights and a Night），这个译本包括大量的情欲描写，跟同时代的保守版本大为不同。伯顿的译笔夸张，爱用古词兼自铸伟词，字里行间极力营造异国情调。评论家几乎众口一词，将伯顿译本评为不忍卒读，唯阿根廷作家博尔赫斯对伯顿本另眼相看，加以赞赏。在象征派诗歌鼻祖马拉美（Stéphane Mallarmé）的鼓励下，生于开罗的法国医生兼文人马尔迪鲁斯或马尔德鲁斯（Joseph Charles Mardrus）重译了《一千零一夜》，于1898至1904年间出版，这个版本收录的故事比加朗的译本还要多，而且保留了所有情欲的描写，以“足本”“原味本”自居，得到同代文人如安德烈·纪德的大力推崇。然而，后世论者指出，马尔迪鲁斯不只随意删改原文，而且他的阿拉伯文水平有限，错译、死译的地方比比皆是。1949年美国芝加哥大学奈比亚·阿波托教授，在埃及古籍里发现了两页《一千零一夜》的抄本残篇，经鉴定是9世纪的抄本。此外，在伊斯坦布尔、巴格达、阿勒颇、撒马尔罕、突尼斯等地，也曾发现过一些抄本，不过年代较晚，多为15—18世纪的抄本。1984年，哈佛的阿拉伯文教授穆赫辛·马哈迪（Muhsin Mahdi），将上述的14世纪叙利亚手稿校定出版（Alf Layla wa Layla，Leiden），为求尽忠于原稿，甚至不加标点与变音符号。1990年，巴格达出生的哈桑·哈达维（Husain Haddawy）根据这个“古本”译出新的英文本；2001年，法国的卡瓦姆（René R Khawam）根据藏在巴黎的叙利亚手稿，译出全新的4册本；2004年，德国的奥特（Claudia Ott）也根据马哈迪的版本译出了新的《一千零一夜》。从加朗开始，西方学者翻译《一千零一夜》一直都没有停止，接连不断地出现各种新译本。法国学者让·保罗·塞尔曼（Jean-Paul Sermain）将加朗翻译过程中的创造性工作分为三方面，或称三个阶段：

“（1）他将自己翻译的另一部更短小的故事集《辛巴德航海历险记》纳入《一千零一夜》，通过在故事里引入山鲁佐德、敦亚扎德、山鲁亚尔等人物。由此他改变了这个故事的命运，使它成为《一千零一夜》中尽人皆知的三篇最有名的故事之一，并从此出现在阿拉伯版本中。尽管这篇故事有自己的个性，它仍然促使故事集的前几卷有了一种总体倾向，那就是使它们趋于成为具有奇妙色彩和某种滑稽趣味的冒险故事。

“（2）加朗拥有的抄本的最后部分在第274夜戛然而止。抄本结尾部分语调发生了改变，转向了一些更宽泛、自足，用于描绘爱情的故事，于是加朗开始在其他抄本、其他故事集中寻找具有类似倾向的故事以便完成故事集。由此他将《一千零一夜》的第二个时段聚焦于情感和爱情（它占据了弗拉马里翁版的第二卷的主要篇幅）。如果说系列性的冒险故事在当时的法国文学中少有对应的作品，在这第二个阶段，加朗的译文从当时的小说和一些女性小说家所写的'艳情'故事中吸取营养。

"（3）在第三个阶段，《一千零一夜》更加受惠于两种文化（法国的和东方的）中的仙话/童话故事。这是因为在第7卷（1706）之后，当加朗需要一些新的故事时，他遇到一位路过巴黎的名叫阿纳的叙利亚人；他把从他那里听来的几个故事记录下来。当他重返《一千零一夜》，便非常大胆地将这些故事冒充从阿拉伯语翻译过来的故事纳入故事集，而实际上这些故事是他自己编写的——根据他对阿纳提供的某些故事的记录，或者他在自己日复一日的工作日记中认真写下的'梗概'。读者不会想到他在这最后几卷（弗拉马里翁版的第3卷）中所起的作用。这种为了确保文本和他所进行的'杂交'的成功而采取的必要选择，使他的创作没入阴影，而他的创作正是《一千零一夜》中最有名的几个故事的源起，如《阿拉丁和神灯》《阿里巴巴和四十大盗》。那些采用了这些故事的阿拉伯编者们最终编造出用他们自己的语言写成的伪抄本。

"在这一阶段，加朗的工作与前两阶段不同了。在此之前，他需要使法国读者理解和感受阿拉伯编者笔下的东方世界。此时，他则需要从一系列的情节和一些地点和时间的标志出发，赋予人物以生动的形象，展现他们的衣食住行、生活环境，他们的习俗、法规、语言特色等。他无须再让东方适应法国，而是用法语创造东方：他担当起叙利亚说故事人的角色，预示了孟德斯鸠将以《波斯人的信札》所虚构的世界。他之所以能够实现这一切，则基于他的亲身经历和渊博的学识，同时也受益于在阿纳转述的故事与受到佩罗支持的女性故事家二十多年来在法国创作的仙话/童话之间存在着形式与主题的相近——自从他发现了《一千零一夜》的抄本，他一直参阅这些仙话/童话。

“就那位叙利亚人阿纳的故事而言，人们并不了解这些故事的书写文本，不过人们可以通过参照那些留下来的‘梗概’而对加朗的工作有所了解。根据东方文学专家的看法，阿纳的故事源出混杂，部分植根于口头传统，并不属于《一千零一夜》的系列。”

在中国，它的中文译本是近百年来中国翻译外国文学作品版本最多、发行量最大的作品之一，截至1999年，“中国出版的《天方夜谭》译本或与它有关的书，总计有464种，556册。”相对于大量的翻译，《一千零一夜》的研究则显得微不足道。据《中国的〈一千零一夜〉研究综述》一文的作者丁淑红的统计，国内目前只有一本《一千零一夜》的研究专著，即郅溥浩先生的《神话与现实：〈一千零一夜〉论》，社会科学文献出版社1997年出版。约有101篇论文和文章，其中文本分析类有54篇，比较研究类有29篇，另有硕士和博士论文2篇。

博尔赫斯说过，《一千零一夜》是一部永远都不会死亡的书。它之所以不会死亡，主要是近两百年以来，不断有世界各国的翻译家、文学家和艺术家让它不停地“复活”。即不断地翻译和进行各种艺术形式的改编。从古老的文学到传统的艺术，从古典艺术到现代艺术，诸如文学、戏剧、音乐、舞蹈、歌剧、绘画、建筑、摄影、装置艺术等，或者借用《一千零一夜》名字，或者运用《一千零一夜》的故事，或经改编搬上银幕等，包括文学在内的各种艺术文本或隐或显都能发现受《一千零一夜》影响的痕迹或事实。

较为系统地梳理《一千零一夜》一百多年以来，从文学改编为艺术的历程理应成为研究《一千零一夜》的课题之一。面对数量庞大改编成各种艺术的《一千零一夜》，研究者应从何入手进行研究？运用什么样的方法研究？目前，国内外还没有见到这方面的研究成果。但是，已有的研究论著从比较的角度进行初步的研究，或许能给《一千零一夜》从文学到艺术的研究一些启示。《一千零一夜》从文学到艺术的比较研究看似与比较文学有关。其实，对此学术界确有不同的观点。目前为止，这个领域的研究至少有四种称谓或观点：第一种观点是跨学科研究。美国比较文学学者亨利·雷马克《比较文学的定义与功能》一文说得很清楚，“比较文学是超过一国范围之外的文学研究，并且研究文学与其他知识和信仰领域之间的关系，包括艺术（如绘画、雕刻、建筑、音乐）、哲学、历史、社会科学（如政治、经济、社会学）、自然科学、宗教等等。简言之，比较文学是一国文学与另一国或多国文学的比较，是文学与人类其他表现领域的比较。”显然，文学与艺术的比较研究包含在比较文学之内，国内学者用“跨学科的比较文学”来指称；第二种观点是比较艺术。国内学者认为文学与艺术的比较研究是一个独立于比较文学之外的一个独立的研究领域。例如，复旦大学教授杨乃桥在《崛起的比较艺术学研究》一文中提出：“比较艺术的崛起在研究的跨文化视野上与比较文学、比较诗学有着内在维系，但比较艺术在本质上又不是上述两门学科在内涵与外延上的延续，比较艺术是一门有着自身特色且独立的学科。我们在这里不妨给出一个关于比较艺术在学科本质上的界定，比较艺术是一个国家或民族艺术现象与另外一个以上的国家或民族艺术现象之间的比较研究；同时，它也是在音乐、美术、舞蹈、戏剧、电影与文学等各艺术门类之间追踪审美共同性与审美差异性的跨门类艺术的比较研究。所以，真正的比较艺术研究既是跨国家、跨民族及跨文化的，又是跨艺术门类的。鉴于上述的定义，比较艺术的研究要求学者必须把自身置放于一种开放的跨国别、跨民族的比较文化视野（comparative cultural perspective）下，对古今中外的艺术现象进行跨文化、跨门类的透视，旨在于把国别艺术与民族艺术推向世界艺术的广角平台上给予当下的读解与诠释。因此，比较艺术研究所秉有的国际性学术视野体现了世纪之交东西方文化对话所赋予它的历史使命感与社会责任感。我们可以预见到，比较艺术的研究最终会使一门崭新的学科——比较艺术学成立，而比较艺术学在思考、总纳世界艺术的共同规律和母题时，其最终的学术皈依即是走向总体艺术学（the study of general art）。”比较艺术这个名称脱胎于并仿照比较文学，纯属借鉴；此种观点与北京大学彭吉象教授提出的比较艺术学相类似，彭先生在《走向跨文化研究的比较艺术学》一文中指出，“在我国，自从改革开放以来，比较文学更是取得了长足的发展，于1986年正式成立了中国比较文学学会，出版或发表了许多比较文学的论著、译著、论文和译文，许多高校纷纷开设了比较文学课程，仅仅十多年时间，中国比较文学研究与教学已经引起了国际上的关注和赞叹，成为国际比较文学中一支朝气蓬勃的力量。相比之下，比较艺术学在中国乃至世界发达国家，至今仍然没有引起足够的重视，还没有成为一门正式学科而得到承认。然而，令人高兴的是，当我们在20世纪末迎接新世纪的曙光时，比较艺术学这个比起比较文学来整整晚了一百年的妹妹或弟弟，在又一个百年之交来临之际，终于即将诞生了。我们已经感觉到这个婴儿在母腹的躁动，已经可以预见到它诞生后的蓬勃生命力！”明确的是，比较艺术学侧重于艺术研究，是各种艺术之间的比较研究。第三种观点来自台湾学者叫“跨艺术研究”或“跨艺术比较”。以刘纪蕙、罗基敏为代表，并于1998年建有“跨艺术研究网站”，该网站由刘纪蕙教授领导辅仁大学比较文学研究所学生发展设计，内容包含以论文、艺评、图像资料库等方式，处理文学、绘画、摄影、电影、歌剧、音乐等不同艺术形式交会之种种美学以及符号构成的问题。刘纪蕙先生致力于文学与绘画、文学与电影、文学与音乐等的跨艺术比较研究，取得了较为卓著的成果。罗基敏则在文学与音乐的研究方面成果较多，如《普契尼的图兰朵》《文话音乐》等。中国台湾学者的研究多受欧美学者的影响，研究视角常常从文化切入，较为新颖独特。第四种是文学与艺术的比较研究。这种称谓普通平常，不以建立某种学科为己任，注重具体个案研究。仔细辨析不同称谓，可以看出，跨学科研究范围过于宽泛，包罗几乎所有的学科，不大适合比较艺术或文学与艺术的比较研究，也从属于比较文学学科。比较艺术或比较艺术学，仅从名称看，似乎在模仿比较文学的命名，没有多少新意。跨艺术研究或跨艺术比较，虽没有“学”字，但研究范围相对固定，研究边界较为清晰。文学与艺术的比较研究，研究领域所指明确，但仍在比较文学的范围之内。比较艺术、比较艺术学、跨艺术研究或跨艺术比较都倾向于独立在比较文学之外成为一门学科，但能否成为一门学科，仍处在探讨阶段，至少眼前还缺少成系统的理论支撑。

有鉴于此，从个案研究开始，或许有助于跨艺术比较的理论建构。《一千零一夜》（又译《天方夜谭》），原本是由来源不同的故事汇集而成的一部世界名著。19世纪以来，它被西方不断改编成各种艺术形式，如音乐（包括歌剧、歌曲、芭蕾舞剧、歌舞剧或音乐剧）、戏剧、电影以及绘画等。其中最著名的莫过于由意大利歌剧家普契尼根据《一千零一夜》的姊妹篇《一千零一日》改编的歌剧《图兰朵》。《一千零一夜》也有经改编而享誉世界的名作，据统计，西方世界从《一千零一夜》获得灵感的文艺作品大约三百余种。如歌剧家瓦格纳对“天鹅孩儿”怀着极大兴趣，法国歌剧家拉威尔（Maurice Ravel 1875—1937）曾有创作一部《一千零一夜》歌剧的计划，最后谱写出《山鲁佐德序曲》和《山鲁佐德旋律》。除此之外，还有丹麦作曲家卡尔·尼埃尔森的《阿拉丁》和早先意大利音乐大师切鲁比尼的《阿里巴巴》，以及马斯奈弟子亨利·哈勃1914年创作的歌剧《开罗鞋匠迈尔鲁夫》等。1910年搬上巴黎舞台的《山鲁佐德》。俄国的音乐家里姆斯基·柯萨科夫（Rimsky-Korsakov 1844—1908）交响组曲《舍赫拉查德》（Shéhérazade）；苏联音乐芭蕾舞家菲克列特·阿米罗夫于1979

年创作的《一千零一夜》；2001年，黎巴嫩卡拉卡拉音乐舞剧团的大型音乐剧《1001夜》（原名《2001夜》），它用浪漫的音乐舞蹈形式演绎深受喜爱的阿拉伯之夜；2002年美国导演斯蒂夫·巴伦执导的美国电影《Arabian Nights》；2003年英国著名歌唱家莎拉·布莱曼（Sarah Brightman）的专辑《Harem》（《一千零一夜》）等。这种艺术的演绎还在继续，2013年美国好莱坞著名导演查克·拉塞尔在上海电影节期间宣布3D魔幻动作大片《一千零一夜》将与浙江横店影视制作有限公司合拍，总投资达7000万美金（约合人民币4亿元）。甚至在电玩游戏中也有《一千零一夜》的故事，如《音速小子索尼克与秘密的戒指》就是《阿拉丁和神灯》故事的改编，游戏中的主要敌人也是阿拉丁故事原本中的精灵。2012年巴黎阿拉伯世界研究院推出“一千零一夜大展”，通过350件手稿、艺术品、文物以及电影片段等，展示了世界阿拉伯研究院通过研究起源于印度和波斯到8世纪传播到阿拉伯半岛的《一千零一夜》“传说”之旅。展览荟萃了法国东方通 Antoine Galland（1704年）将“夜”带给西方读者，他翻译了来自他研究地区收集的的故事编织成35篇原创传说。博物馆馆长 Elodie Bouffard 和 Anne-Alexandra Joyard 在介绍本次展览中写道：“‘一千零一夜铸就了全部的艺术范围，从戏剧到时尚，从音乐到电影，从绘画到歌剧，从摄影到文学，比头脑中任何其他作品都产生了更多的影像结果。”这些关于《一千零一夜》的改编，让这部古老的文学名著重新焕发生机，但问题是，《一千零一夜》从文学到艺术，不同的艺术家是如何改编的？是忠实于原著，还是背离原著？在翻译与改编之间是否有迹可循？在借用与创新之间是否能区分艺术改编的高下优劣？这些问题不仅是关于《一千零一夜》如何从文学到艺术的个体性问题，更是牵涉了文学与艺术如何相互取用、相互借鉴的技术性问题。

考察《一千零一夜》从文学到艺术近两个世纪的演化过程，为跨艺术研究提供可资镜鉴的案例。在《一千零一夜》文学文本与艺术文本的转换之间，翻译与改编的作用至关重要。复旦大学教授张冲受到国际学界的启发，提出建立改编学的建议。国际学界曾于2006年成立了一个学术组织，“Association of Literature on Screen”（译作“银幕与文学研究会”），2008年经该组织在荷兰召开的第三届国际年会讨论，改成了“Association of Adaptation Studies”（改编学研究会），并且创办了学术期刊“Adaptation”（《改编》）。杰·瓦格纳在《小说与电影》一书中，论及美国电影改编的三种流行方式：“第一种是‘移植式’，即直接在银幕上再现一部小说，其中极少明显的改动。”第二种是“注释式”，“影片对原作加了许多电影化的注释，并加以重新结构”，它“对作品某些方面有所变动”，甚至转移作品重点。第三种是“近似式”：“与原著有相当大的距离，以便构成另一部艺术作品。”在小说被改编为电影时，电影表达出了小说中的那些原味和真义吗？其中过滤掉的又是什么，突出放大的又是什么？有时是不同的编剧对小说进行改编，有时是小说的作者亲自充当编剧，在小说纷纷被影视化的时候，作家的写作是否受到影像化的冲击呢？文字文本与影像文本相互转化时，作为中间地带的改编到底蕴含何种规律和意义？诸如此类的问题，都需要改编学来诠释回应。

《一千零一夜》从文学到艺术的历史，既是一部翻译文学史，又是一部文学改编史。在某种意义上说，还是一部艺术史。大卫·达姆罗什指出：在我们这个新媒体时代，《一千零一夜》会继续产生新的版本。从迪士尼电影、芭比娃娃到科威特喜剧，再到巴勒斯坦表演艺术家艾米丽·贾西尔的博物馆装置艺术，都在这个题目上大做文章。贾西尔2008年的装置艺术“电影素材”，其悲伤的灵感来自早年巴勒斯坦激进主义作家祖艾特（Wael Zuaiter）的被暗杀。按以色列的说法，祖艾特涉嫌在慕尼黑奥运会杀害以色列运动员（祖艾特的支持者否认此事）。以色列情报和特殊使命局在一座宾馆的大堂中射杀了他，在他的尸体上发现了一本《阿拉伯之夜》（Alf Laylah wa Laylah）——

这本书被一颗杀死祖艾特的子弹穿了一个洞。贾西尔得到了这本书，结果她创作了一部艺术作品和一部电影。她首先制作了一千本空白的书、一把以色列情报和特殊使命局使用的手枪。她用这把手枪射穿了一千本空白书的每一本。然后，她制作了一个小房间（2008 年安置在纽约惠特尼博物馆），用线将这一千本被子弹穿透的书串起来，表示祖艾特永远不可能活着来写这些书了。在这个小房间的入口附近，有一面墙展示着《阿拉伯之夜》这本书被子弹穿过的每一页纸的照片。这一装置因而成了一个突然中止的生命——以及对于今天仍有生命的《一千零一夜》——的感人的追悼词，一名当代的山鲁佐德赋予了这一装置以一种新的主题，即抗议政治暴力。

在我们这一新媒体时代，《一千零一夜》无疑还具有很强的生命力。作为文学研究者，让我们共同期望我们的文学作品可以促进相互理解和欣赏。这样的相互理解和欣赏实际上在一千零一年之前已经激励着巴格达的作家们翻译了《海沙尔·艾弗萨纳》，也激励着法国和英国作家一再翻译《阿拉伯之夜》，以对抗欧洲帝国主义鼎盛时期文化理解的缺乏。也是这种相互理解和欣赏，使贾西尔创作了她的移动装置，向我们当代这一多灾多难的世界中的文化和政治冲突发言。我们这些学者的山鲁佐德也已经找到适合我们做的工作："我们今天有一千零一本新书要写，我们要为勾画一部真正全球性的世界文学坐标和建立跨越今天世界文化的错误界限的桥梁发挥我们应有的作用。"由此看来，包括文学家在内的艺术家关于《一千零一夜》的改编是不会停止的，随着时间的推移，还会有越来越多各种《一千零一夜》艺术改编版。

绪论参考文献

[1]［阿根廷］豪·路·博尔赫斯：《谈〈一千零一夜〉》，《作家们的作家》，倪华迪译，云南人民出版社 1995 年版。

[2] 大卫·达姆罗什:《世界文学是跨文化理解之桥》,《山东社会科学》2012年第3期。

[3] 涂卫群:《〈一千零一夜〉:翻译与创作》,外文所举办法语讲座。http://foreignliterature.cass.cn/chinese/NewsInfo.asp NewsId=29472012-3-29.

[4] 盖双:《〈天方夜谭〉知多少?——写在〈一千零一夜〉汉译问世一百年之际》(下),《阿拉伯世界》2000年第2期。

[5] 丁淑红:《中国的〈一千零一夜〉研究综述》。

[6] [美] 亨利·雷马克:《比较文学的定义与功能》,《比较文学研究资料》,北京师范大学出版社1986年版。

[7] 杨乃桥:《崛起的比较艺术学研究》,《文艺研究》1998年第2期。

[8] 彭吉象:《走向跨文化研究的比较艺术学》,《文艺研究》1998年第2期。

[9] [美] 杰·瓦格纳:《改编的三种方式》,《电影改编理论问题》,中国电影出版1988年版。

[10] 大卫·达姆罗什:《世界文学是跨文化理解之桥》,《山东社会科学》2012年第3期。

第 2 章

《一千零一夜》与戏剧

《一千零一夜》虽然成书于阿拉伯地区，但是，因为宗教的关系，阿拉伯世界戏剧艺术并不发达。根据已知的材料，最早将《一千零一夜》改编成戏剧的是丹麦诗人和剧作家爱仑士雷革（1779—1850）。他毕业于哥本哈根大学，后担任美学教授。他的剧作以古代斯堪的纳维亚传说和民族英雄故事为题材，主要作品有长诗《金角》《北方诸神》，剧本《柯莱琪奥》《巴尔纳托基》等。他于 1804 年将《阿拉丁和神灯》的故事改编成戏剧，这是他一生最著名的作品，以其浪漫气息影响了易卜生和斯特林堡。在英国，阿拉丁的故事最初开始于 1704 年至 1714 年，并于 1788 年由约翰·欧奇非搬上伦敦皇家剧院的舞台。阿拉丁的故事两百多年来一直是哑剧的热门主题。传统的阿拉丁哑剧是著名哑剧角色“团琪寡妇”（阿拉丁的母亲）的取材来源。阿拉丁的哑剧版本的场景设定和剧情都尽量融入中国元素（虽然这个“中国”的场景是伦敦东区，而非中世纪的巴格达）。山迪·威尔森的音乐剧《阿拉丁》是 1979 年以来著名的“阿拉丁哑剧”。自从 20 世纪 90 年代初期以来，英国圣诞节的童话剧都深受迪士尼动画的影响，例如 2007 年、2008 年伯明翰版本的阿拉丁由约翰·巴洛曼主演，并套用了许多迪士尼动画《阿拉丁》和《花木兰》里的配乐。19 世纪的英国哑剧卡通《新皇冠换旧皇冠》（New Crowns for Old），取材自阿拉丁的故事。国内外的话剧改编还有：2010 年由北京明皓剧社原创话剧《一千零一夜之死神》上演；2011 年爱丁堡艺术节“国际艺术节”上，英国导演蒂姆·萨坡与黎巴嫩小说家汉娜·阿·莎亚合作完成了舞台剧《一千零一夜》。

直到 20 世纪 50 年代，阿拉伯才出现了由《一千零一夜》改编而成的戏剧。第一位从事戏剧创作是马龙·尼卡什（1817—1855）。他生于黎巴嫩的赛达，青年时代曾访问过叙利亚、埃及、意大利等地区，曾任黎巴嫩税务官员，后辞职经商。他学习过表演艺术并精通土耳其语、意大利语和法语，1847 年和胞弟尼古拉·尼卡什（1825—1894）及朋友组织起来，在大马士革自己的宅院里排演莫里哀的《悭吝人》。1950 年还演出过根据《一千零一夜》中《睡着的和醒着的人的故事》改编的喜歌剧《糊涂的阿布——哈桑和哈伦·拉希德》（1849）。叙利亚戏剧的先驱是阿布·哈利勒·格巴尼（1833—1903）。他祖籍土耳其，生在叙利亚，活动领域广阔，从事过戏剧创作、编译和表演，建立过家庭剧场，上演的第一个剧目是自编、自演的《忘恩负义的人》。格巴尼的剧作达六十余部，多取材历史传说和民间故事，特别是《一千零一夜》。他在将历史戏剧化、利用民族文化遗产方面积累了丰富的经验，对后来历史剧的创作起到了示范和推动作用，如《哈伦·拉希德》等剧目。此后，埃及著名的文学家陶菲克·哈基姆根据《一千零一夜》创作的《山鲁佐德》是七幕话剧，主要人物只有 3 个，除国王和王后外，还有一位暗暗爱着王后的大臣格麦尔。山鲁佐德的形象比较复杂，令人费解。在剧中，山鲁佐德始终像一则神话，带着难解的神秘，又像一位预言家或智者，对山鲁亚尔的思想和行动随时进行解释或做出评价。她随心所欲，支配着周围的环境，没有多少道德禁忌，而且未受到任何惩罚。在这个人物形象上，哈基姆突出了人性的多种表现，实际上借助她来反衬出局限性和存在的自满自足。

有趣的是，这部来自异域的文学名著受到中国剧作者的偏爱，剧作者们对《一千零一夜》做了多方面的大胆改编和创新尝试。如上海木偶剧团于2008年排演了人偶剧《阿里巴巴与四十大盗》，该剧的演出采用人偶和木偶同台演出的方法，把黑影戏、歌舞、小魔术、面具等方式加以综合运用。舞台采用迪士尼式的舞台设计理念，音乐制作上，充满浓郁的阿拉伯韵味。

2001年，黑龙江广播艺术中心推出了30集系列广播剧《一千零一夜》，堪称中国独创的艺术改编。编剧李晨雨因此获得第三届中国广播剧专家获“长篇连续剧、系列剧获奖剧目二等奖”。他在《以创造精神开采文学富矿——改编系列广播剧〈一千零一夜〉的点滴体会》（《剧作家》2003年第4期）一文中说：“通过这次改编世界文学名著，使我体会到：任何艺术精品，当改成其他艺术形式时，都是个再创造的过程。要保持的是原著的基本精神、基本框架和艺术风格，其他的皆需要创造。而创造的原则则是根据你的艺术形式的要求，来对原著的内容进行一番改造，使它完全适应新的艺术形式的需要。”编剧从原著中精选了30个故事，组成如《阿里巴巴和四十大盗》《阿拉丁和神灯》《卡玛尔·宰曼王子和白都伦公主》等剧目。2013年10月26日，新疆新锐戏剧艺术中心创编的儿童话剧《阿里巴巴与四十大盗》在新疆人民会堂上演。2015年3月18日，宁夏中华回乡文化园与北京我想文化传媒有限公司在银川签约，双方将共同打造宁夏首台大型文化旅游实景剧《梦回·一千零一夜》。

话剧《阿拉伯之夜》于2007年9月5日在青年戏剧节上首演，该剧翻译自德国著名青年剧作家罗兰·施梅芬尼经典剧作《阿拉伯之夜》。《阿拉伯之夜》曾被德国6大批评家提名为2001年的最佳剧作，已经由德、英、法、荷、美、加、澳、捷克、立陶宛、斯洛文尼亚等国剧团上演。剧中人物的行动在现实、内心世界和梦幻中分分合合，谱绘出几条不同的线索，它们在展开和交汇中相互书写和补充，构成了一个分不清真实与虚幻的夏夜。然而，本剧绝不仅是技巧的展现，作家对现实问题的关注也是显而易见的。《阿拉伯之夜》中以大量的心理描写代替对白，孤独的人们渴望情感和性爱，但无法交流沟通，正是高楼大厦里都市人真实生活的写照。此外，施梅芬尼有意识地在该剧中融入了亚欧或者说东西方关系这一母题。首先，剧名《阿拉伯之夜》是《一千零一夜》（即《天方夜谭》）的单数形式，该剧中色情与血腥的元素在《一千零一夜》里俯拾皆是。其次，来自中东的法蒂玛和卡利尔代表了近年西欧社会重要议题——外来移民。另外，也是最核心的，施梅芬尼围绕弗兰泽卡的梦境和洛梅尔的幻境创造了一整套东方想象的符号从“带骆驼的钥匙”到杂货市场里的骆驼，从“土耳其咖啡”到“土耳其浴的声音”。土耳其向德国输送了大量的劳工移民，它的博斯普鲁斯海峡作为欧亚也是东西方的交界成为剧中的一个重要象征。本译作根据Von David Tushingham 2002年的英文译本翻译，它首次向中国观众和戏剧人打开了施梅芬尼之门，并被德国权威刊物《今日戏剧》提名为2001年最佳剧作。故事讲述了身处都市高楼中的三男两女在幻想与现实、温暖与孤独之间的穿梭徘徊。与其他小剧场话剧不同的是，该剧使用了大量心理描述来代替人物间的对话，旨在表现都市人在高度压力下的精神缺失。

2015年1月，中国怪咖剧团推出贺岁话剧《土豪的一千零一夜》。该剧改编自瘦马在微信上连载的同名小说，由赵晨东导演，满意编剧，赵晨东、孔庆冰联合编剧。该剧讲述了明朝万历年间，一个破落戏班机缘巧合之下卷入“土豪世界”的喜剧。剧中展现了一群生活在明代社会底层的穷苦演员的生活，他们与王侯将相、真假土豪一起纠缠于宿命安排的权钱交易中，演绎了一出丑态百出的人间喜剧。《土豪的一千零一夜》基本上与《一千零一夜》没有关系，只不过借用它的书名而已。

第 3 章

《一千零一夜》与音乐

《一千零一夜》本身所包含的浪漫传奇色彩和东方异域风情，激发了西方作曲家们，尤其是浪漫派作曲家的灵感。有意思的是，他们的作品几乎都以“舍赫拉查德”为名。舒曼在他的《儿童钢琴曲集》中以王后舍赫拉查德为名创作了一首钢琴小品。《儿童钢琴曲集》又名《为喜爱钢琴的小朋友们而作的圣诞曲集》，完成于1848年，由43首钢琴小曲组成。舒曼在给友人的一封信中写道：“在写这一曲集的时候，似乎觉得自己已在开始了另一个新的作曲家生活。”“《童年情景》是属于父母在回忆往事的情形下，为成长的孩子们写的，而这一《圣诞曲集》，则是拥有先见的预感，是属于为了孩子们向往着未来而写的。”曲集中的乐曲在创作时，很明显考虑到了使孩子们容易弹奏，在技巧上比较浅易，但这些短小的乐曲每首都有着非常惹人喜爱的旋律。《舍赫拉查德》是该集的第32曲，4/4拍，以非常优美的旋律极缓慢地轻轻奏出。表现了王后用轻柔又蛊惑的音调讲述一个个古老神奇的故事，又像是赞美王后本人的聪慧机智。可以想象，在舒曼时期，《天方夜谭》故事集一定是最让孩子爱不释手的书：充满了风趣、冒险和寻宝的故事。1871 年，在维也纳上演了约翰·施特劳斯创作的第一部轻歌剧《阿里巴巴与四十大盗》，大获成功，连续上演一个多月。约翰·施特劳斯去世后，恩斯特·莱特雷尔（Ernst Reiterer）对这部轻歌剧加以修改，更名为《一千零一夜》，并于1900 年7 月15 日重新在维也纳公演。至于《一千零一夜圆舞曲》，则是在这部轻歌剧以旧名《阿里巴巴和四十大盗》上演前后，选用其中的旋律缀合而成，由序曲、三首小圆舞曲和结尾组成。有“钢琴鬼才”之称的土耳其音乐家法佐·赛依（Fazil Say）创作了小提琴协奏曲《一千零一夜》。查寻《一千零一夜》从文学到音乐的足迹，西方音乐艺术家从《一千零一夜》获得题材或者灵感的音乐作品大约有：

（1）法国歌剧家弗朗索瓦·阿德里安·布瓦尔迪厄的歌剧《巴格达的理发师》(1800)。

（2）德国音乐家卡尔·玛丽亚·冯·韦伯的戏剧音乐《阿布哈桑》(1811)。

（3）意大利作曲家路易吉·凯鲁比尼的歌剧《阿里巴巴》(1833)。

（4）德国作曲家皮特·科内利乌斯的歌剧《巴格达的理发师》(1858)。

（5）丹麦音乐家霍纳曼的《阿拉丁》（序曲）(1864)。

（6）俄罗斯音乐家尼古拉·里姆斯基·柯萨科夫的交响组曲《舍赫拉查德》。

（7）法国作曲家亨利·拉博的歌剧《开罗皮匠马鲁夫》(1914)。

（8）丹麦作曲家卡尔·尼尔森的交响组曲《阿拉丁》(1918—1919)。

（9）英国文艺复兴乐团的摇滚乐《舍赫拉查德和其他故事》(1975)。英国20 世纪60 年代的流行音乐家，从来就都是一些民谣歌手，只是在世界化的大背景——如最显著的美国黑人布鲁斯——的影响中，变得杂糅、斑驳、难以辨认。在迷幻乃至后来的艺术摇滚音乐中，东方民间音乐是第一个推动力，从印度—阿拉伯音乐循环的、绵延的、冥想色彩的和声结构中获得语汇，甚至从印度教、佛教和东方哲学中获取意念和灵感，但它很快就嫁接到英国人自己的传统——古典音乐上去了。

（10）阿塞拜疆音乐家菲克列特·阿米洛夫的芭蕾舞曲《阿拉伯之夜》（1979）。

（11）美国作曲家卡尔·戴维斯为爱丁堡艺术节创作的音乐作品《阿拉丁》。

（12）Kamelot 幸运星，又名“亚瑟王宫殿”，是来自美国佛罗里达州坦帕市的一支乐团，1991 年成立，创作过歌曲《阿拉伯之夜》（1999）。

（13）英国歌唱家莎拉·布莱曼有音乐专辑《一千零一夜》（2003）。

（14）Ch！pz 荷兰的一个偶像团体，创作了歌曲《一千零一夜》（2004）。

（15）Nightwish 是一支成立于 1996 年来自芬兰的剧院金属（美声金属）乐队。乐队大多数歌曲的词由键盘手托马斯·霍洛帕尼撰写，前任女主唱塔雅·图仑尼的声音使得该乐队扬名国际。其音乐风格除了剧院金属和新金属外，还有其他音乐元素，托马斯曾经形容他们的音乐为“用女声表现的旋律金属”。受《一千零一夜》的启发，Nightwish 创作了富有阿拉伯色彩的歌曲《萨哈拉》（2007）。

（16）美国乐队阿布尼公园是一支来自美国西雅图的蒸汽朋克乐队，成立于 1997 年。最初几年，乐队的特点是哥特式的音乐和视觉风格，2005 年，乐队的阵容发生了变化，阿布尼公园摇身一变，从哥特工业乐队转变成蒸汽朋克乐队，现在他们已经成为蒸汽朋克的典型代表。该乐队的作品《舍赫拉查德》（2013）试图以歌唱的方式还原

《一千零一夜》，除了音乐中的阿拉伯元素外，歌词与曲名一样，讲述了《一千零一夜》开头家喻户晓的山鲁亚尔和山鲁佐德的故事。从单曲《舍赫拉查德》中还可以听到阿拉伯风情，歌词与《一千零一夜》一样也在叙事，叙述着一个忠诚与背叛的故事，即《一千零一夜》的引子故事。结尾反复重复同样的歌词："扭动旋转，告诉你的故事，弯曲扭转，你的生命是脆弱的。"

（17）世界著名十大吉他手之一，阿尔及利亚音乐家 Mad Sheer Khan 的音乐作品《1001 nights》。Mad Sheer Khan 的音乐生涯始于 1975 年。1981 年他因为出色的音乐技巧和阿拉伯人的打扮而蜚声乐坛。专辑《1001 night》选择了各国女歌手为叙述者，使用各自的母语来诉说阿拉伯经典文学作品《一千零一夜》中的故事。

这份名单还有可能加长并一直延续，但通过对音乐作品的个案分析或许更能看清《一千零一夜》是如何被改编成音乐的，换句话说，《一千零一夜》从文学到音乐，是由一个个音乐作品完成改编创造的。下面从《一千零一夜》被改编成的不同的音乐形式，分而论之。

一、《一千零一日》与歌剧

歌剧是将音乐（声乐与器乐）、戏剧（剧本与表演）、文学（诗歌）、舞蹈（民间舞与芭蕾）、舞台美术等融为一体的综合性艺术，通常由咏叹调、宣叙调、重唱、合唱、序曲、间奏曲、舞蹈场面等组成（有时也用说白和朗诵）。戏剧演出要凭借剧场的典型元素，如背景、戏服以及表演等。不同的是，歌剧中还运用了大量的音乐元素，其表演并非说出来而是唱出来。歌手有合唱队伴唱，在某些歌剧中，合唱队的阵容甚至达到了整个交响乐团的规模。歌剧有两种传统的演唱形式：宣叙调，类似于普通的朗诵；咏叹调，独唱的乐段。比较短小的唱段有时也称为咏叙调。每一种歌唱方式都辅有乐器伴奏。歌手所扮演的角色依照他们各自不同的音调分类。男性歌手由低至高分为：男低音、男中低音、男中音、男高音、男最高音。女性歌手由低至高分为：女低音、女中音以及女高音。女高音也可细分为花腔女高音和抒情女高音等不同种类。歌剧中包含着多种艺术形式，音乐当然是主干，但基于对话式的表演也很重要，所以戏剧元素在歌剧中也占有较重的分量。另外视觉艺术，比如绘画被用来展示舞台背景，对于整个表演来讲，作用不可小觑。最后，舞蹈也经常作为歌剧表演的一部分。因此，最著名的歌剧作曲家之一的瓦格纳会在提到歌剧类型时称之为总体艺术（Gesamtkunstwerk）。

作为文学作品的《一千零一夜》为各种艺术提供无穷无尽的题材，歌剧艺术也概莫能外。享誉世界的意大利歌剧家普契尼的歌剧《图兰朵》，就取材于《一千零一夜》的姊妹篇《一千零一日》。《图兰朵》讲述了一位美丽而残忍的中国公主与鞑靼王子卡拉夫猜谜结亲的爱情故事。它的题材来源于阿拉伯的故事书《一千零一日》，在歌剧中普契尼运用中国民歌《茉莉花》的旋律，其中最著名的唱段是咏叹调《今夜无人入眠》，它是卡拉夫在要求图兰朵猜测其身份的那一夜所唱。《茉莉花》也成了西方几乎尽人皆知中国音乐。

普契尼的《图兰朵》并非直接取材于《一千零一日》。早在20世纪30年代中国学者陈铨的比较文学专著《中德文学研究》第三章中专辟一节“席勒《图郎多》里的中国成分”，较为详细地论述了席勒如何将威尼斯的戏剧家葛泽（或译勾齐，Gozzi）的戏剧《图郎多——中国公主》（1761年）改编成了自己的剧作《图郎多》（1801年），并极力点染上了中国色彩。此前，1777年德国人司米忒第一次把葛泽的《图郎多——中国公主》改编来适应德国的剧场，并取名《黑芒力德》；1799年德国人郎巴黑又出了改编本《三个谜》。此后，德国有多位作曲者写作了歌剧《图兰朵》，如丹齐（Franz Danzi）、莱西格（Cail Gottlirb Reissiger）、何芬（J. Hoven）、巴齐尼（Antonio Bazzini）和雷包姆（Theobald Rehbaum）。19 世纪末 20 世纪初，著名的钢琴演奏家布索尼（Busoni，Ferrucio）先后创作了《图兰朵组曲》和歌剧《图兰朵》。直到 1924 年，意大利歌剧家普契尼写作了《图兰朵》。这是普契尼最后一部歌剧，在完成他计划作为该剧高潮的二重唱之前，癌症夺去了他的生命。这部作品最后一场由阿尔法诺于 1926 年替代完成。这部作品的脚本由阿达米和西莫尼撰写，现存三幕歌剧《图兰朵》，故事背景在遥远的中国，其剧情大致如下：

第一幕：中国公主图兰朵猜谜招亲，谜语有三个，答对可娶公主，答错则要处斩。波斯王子未猜中图兰朵的谜语，即将被处死。卡拉夫意外与其父相遇，卡拉夫看到图兰朵竟强烈地爱上了她。宫中三位大臣平、彭、庞以及柳儿试图劝阻卡拉夫，但他为爱不愿回头，执意向图兰朵求婚。第二幕：图兰朵的三个谜底“希望”“血”和“图兰朵”都被王子卡拉夫揭开。公主图兰朵却不愿意嫁给卡拉夫。卡拉夫要求给图兰朵出一个谜，若能答对，自己愿意去死，谜题是他的名字。第三幕：图兰朵下令，当晚京城无人能睡，直到找出陌生王子的名字。柳儿知道卡拉夫的名字，但她不愿意讲。在公主图兰朵的威逼下，柳儿自尽身亡。王子怒斥图兰朵的冷酷并强吻了图兰朵，使她冰冷的心得以融化。王子主动说出了自己的名字，图兰朵向众人宣布陌生王子的名字是“爱”，全剧告终。1920 年 3 月 18 日普契尼从罗马写信给西莫尼，信中提到：“我认为图兰朵应该是勾齐的作品中最正常又富有人性的戏剧作品。最后：一部经过现代头脑，由你，由阿搭弥和我共同创造的图兰朵。”普契尼的合作者阿搭弥回忆说：“浦契尼带了一本书离开，是席勒改编勾齐之《图兰朵》。”普契尼的《图兰朵》从题材上看，它和《一千零一日》并无直接关系。但是，它的题材间接来源于《一千零一日》。

国内《一千零一日》的中译本有两种，即选译本和全译本。选译本由杜渐翻译，1982年辽宁人民出版社出版。全译本由万曰林、朱梦魁翻译，1991年由甘肃少年儿童出版社出版，共10册。选译本中图兰朵的故事是一个独立的名为“杜兰铎的三个谜”的故事。全译本中图兰朵的故事存在于《一千零一日》第二卷《海莱夫王子的故事》这个长故事中，名为《丹雅公主的故事》，它只是海莱夫王子很长冒险经历中的一段。台湾学者指出，《图兰朵》的故事有三个动机，即“（1）一位求婚的皇室女子之婚姻条件为求婚者必须完成她给的三个任务；（2）未完成任务的求婚者将被处死；（3）一位陌生求婚者完成任务后，以自己的身世作谜底出谜。当三个动机都出现时，就完成了‘图兰朵’的故事。”依此观点来看，《一千零一日》的选译本和全译本的故事都符合三个动机。换言之，普契尼的《图兰朵》有可能依据《一千零一日》的选译本或者全译本的故事。但是，《一千零一日》的选译本和全译本的故事在细节上诸如人名、谜语、谜底、女仆的结局，甚至出谜语的方式等都有所不同。下面试将《一千零一日》的选译本和全译本与普契尼《图兰朵》的细节加以比较，见表3-1。

表3-1　《一千零一日》全译本、选译本与普契尼《图兰朵》的细节比较

书　名	人物名称	谜语形式	谜　底
《一千零一日》的中文全译本（第二卷）《海莱夫王子的故事》	丹雅公主 海莱夫王子 女仆苏珊（自杀）	问题	1. “太阳” 2. “大海” 3. “岁月”
《一千零一日》的中文选译本“杜兰铎的三个谜”	杜兰铎公主 卡拉夫王子 女仆亚狄玛（回家）	诗歌	1. “双眼” 2. “犁头” 3. “彩虹”
普契尼《图兰朵》	图兰朵公主 卡拉夫王子 女仆柳儿（自杀）	歌词	1. “希望” 2. “血” 3. “图兰朵”

从表3-1所显示的细节比较中不难看出，普契尼的《图兰朵》的故事情节比较接近《一千零一日》的中文全译本（第二卷）《海莱夫王子的故事》，而人物名称、谜语形式则接近《一千零一日》的中文选译本“杜兰铎的三个谜”。谜语和谜底则各不相同。有关《图兰朵》的三个文本，基本情节一致，故事在流传、改编中出现了异文。大多数学者认为，《一千零一日》中的图兰朵故事是一个波斯童话，因为《一千零一日》是法国人德拉克洛瓦（Francois Petis de la Croix）由波斯文译成法文的，经法国剧作家雷沙居（Alain Rene Lesage）改写而闻名于世。但也有不同观点，陈铨先生早就指出：“葛泽原戏的情节，是从一个阿拉伯神话《卡纳夫同中国公主的故事》取出来的。这一段神话，载在1710到1712年法人克亚（Francois Petis de la Croix）翻译的《天方日谭》（Les milleet un jours，contes persans）里边。”《一千零一日》的中文选译本和全译本中的种种迹象表明，选译本为波斯文本，全译本为阿拉伯文本。《一千零一日》中的图兰朵故事究竟是一个波斯童话，还是一个阿拉伯神话？普契尼的《图兰朵》的题材来源于波斯还是阿拉伯？中外学者一致认为，《一千零一日》译者是法国人德拉克洛瓦，也就是说，《一千零一日》最早流传到欧洲是通过18世纪的法国。《一千零一日》的法国改写者雷沙居曾结集过一部名为《市集剧场或喜歌剧》的作品，共有10册，其中第7册有一名为《中国公主》（1729年1月15日于巴黎首演）的作品。只是公主的名字叫笛雅马汀（Diamantine），剧中三个谜底是“冰（Glace）、眼（Yeux）和丈夫（Epoux）”。德国剧作家席勒的《图兰朵》中第三个谜面以诗的形式呈现：

那物件叫什么，很少人重视它，
但是它装饰了皇帝的手？

他被制造，用来伤害，
和它相近的剑。
不流血，却有上千伤口，
没人抢它却会富裕
它战胜了大地，
它让生命温柔并平等。
最大的帝国由它奠立，
最老的城池由它建造，
但他从未引起战争
并且护佑信任它的百姓。
谜底为：
这个铁做的物件，很少人重视它，
中国皇帝自己持于手中
每年元旦尊崇它，
这个工具，它比剑无罪，
将虔诚的努力深植于大地中——
谁由鞑靼的荒原、大漠
那只有猎人想去的地方，
牧人游牧之处，到此富裕之地
并且环绕着撒下种子新绿
上百百姓居住的城市升起，
安静愉快地活在和平的法律中，
谁不尊崇这宝贵的工具，
他创造所有的护佑——犁？

从时间上看，法国剧作家雷沙居的《中国公主》首演在1729年，威尼斯的戏剧家葛泽（Gozzi）的戏剧《图郎多——中国公主》首演在

1761年，德国剧作家席勒的《图郎多》改编于1801年。雷沙居的《中国公主》中的三个谜底，其中的一个——“眼（Yeux）”与《一千零一日》的中文选译本“杜兰铎的三个谜”中第一个谜底——“双眼”相同；席勒的《图郎多》的第三个谜底——“犁”与《一千零一日》的中文选译本“杜兰铎的三个谜”中第二个谜底——“犁”完全相同。谜底相似的情形是否能证明雷沙居的《中国公主》和席勒的《图郎多》都是从波斯文本取材的呢？事实上，《图兰朵》各种文本中的三个谜都有所不同。葛泽（Gozzi）的戏剧《图郎多——中国公主》中第三个谜底为“威尼斯的翼狮”。而且，葛泽的图兰朵故事是一个大团圆的结局，剧中的女仆阿德玛并未自杀。这一细节又与《一千零一日》的中文选译本相同，而席勒的《图郎多》和普契尼的《图兰朵》中女仆都自杀身亡了。《一千零一日》的中文全译本，即阿拉伯文本中女仆也是自杀身亡。不仅如此，葛泽的戏剧《图郎多——中国公主》中主要人物的名称音译也与《一千零一日》的中文选译本相同。这样看来，席勒的《图郎多》和普契尼的《图兰朵》的确是对先行者葛泽的戏剧《图郎多——中国公主》的改编。葛泽《图郎多——中国公主》基本上可以肯定来源于波斯童话或波斯文本的《一千零一日》。同样基本可以肯定的是，《一千零一日》的中文全译本，即阿拉伯文文本是一个晚于波斯文本的阿拉伯故事集。《一千零一夜》的故事来源以及成书经过，某种程度上可为《一千零一日》的结集成书提供佐证。《一千零一夜》最初是波斯的《一千个故事》，后加工补充为阿拉伯民间文学巨著。《一千零一日》的成书过程也应有类似的情形。

有学者指出，葛泽的《图郎多——中国公主》中对“人物及剧情细节的变动，可以清楚地一窥勾齐剧场童话的贵族道德观和爱乡诉求。”理由有三：“（1）仆人要对主人无条件的忠心：因而有巴拉克和卡拉夫父亲的出现；（2）统治阶级对仆人宽宏的贵族情操：阿德玛不仅未死，还得以复国；（3）图兰朵给王子的第三个谜题之谜底为‘威尼斯的翼狮’，呈现了勾齐对威尼斯的热爱。”葛泽生活的时代，法国文学盛行，本国文学衰落，作为一位爱国之士，他想借助遥远东方的神话材料和异国风情来创作戏剧，并以此抵制当时法国文学的影响。陈铨先生在他的《中德文学研究》一书中说：“席勒改编本有两个特点：第一他把戏中的人物的心理描写更加深刻，第二他极力去点染上中国色彩。”葛泽原作中王子公主一见钟情，童话式的爱情故事到了席勒的手里，成了爱情与骄傲的悲剧性冲突。除了男、女主角个性塑造变动外，葛泽所强调的爱乡情结也消失了，取而代之的是有文化含义的中国色彩，来强调故事发生的地理背景。普契尼的《图兰朵》沿袭并强化了席勒《图郎多》的中国色彩。可见，不同的剧作家根据自己的现实和艺术需要对一个古老的东方故事进行了各取所需的改变，并且让这个东方故事在西方歌剧舞台上最终占有一席之地。

比较文学的形象学是研究一国文学中的异国形象塑造或描述的学问。《一千零一日》中的图兰朵故事和普契尼的歌剧《图兰朵》都表明女主人公是中国公主，故事背景是遥远的中国。台湾学者指出：“Turandot 系由 Turan 和 dot 合成。即是我们说的土耳其斯坦，在波斯史诗及传说中可以看到，这个字系根据其建国国王 Tur 命名，dot 来自 dukht，有女儿、处女的意思，也含能干、力量等用意。因之，在波斯文里，Turandot 一字正是‘中国公主’的意思，整个‘图兰朵’的故事其实展现的是波斯：一个古老伊斯兰世界里的‘中国风’。”《一千零一日》中图兰多故事除了讲明故事发生地是中国的首都北京，中国是一个富裕强大的国家，王子卡拉夫想借中国力量复国，除此以外，并没有多少中国色彩。葛泽的《图郎多——中国公主》迎合了 18 世纪欧洲文学普遍对东方的想象和热情，来制造出某种异国情调而已。

席勒的戏剧《图郎多》极力使图兰多的故事染上中国色彩。陈铨先生指出：“席勒大概读过杜哈尔德的《中国详志》，因为他的《图郎多》剧本里面，有好几个地方，是从杜哈尔德的《中国详志》得来。”

例如，“祭祀牲畜的数目，葛泽是一百匹马，一百条牛等，席勒却把它改成三百。”“葛泽的原文像‘可怕的孔子’祷告，中间有两个人简直叫出阿拉伯神祇的名字。席勒把它改成了‘天’同‘伏羲’。”“在葛泽的书里有一个人讲‘朋村’，席勒把它改成了‘喇嘛’。”此外，席勒还为《图郎多》准备了一个预备的谜语与谜底：“古屋立巍然，非庙亦非家。骑士驰百日，尚不到天涯。已历千百年，依然无伤损，胡马任纵横，生命长遐永。仰望干云霄，远游赴沧海，黎民赖保障，王土恃安泰。世间无比伦，人力昔作成。”谜底是“此物果何物，矗立逾千年，中国古长城，保障若屏藩”。据说这个谜是根据慕尔翻译的《好逑传》的注解完成的。从席勒对葛泽《图郎多——中国公主》的种种细节改编，不难发现，席勒想要让他的戏剧《图郎多》真正有中国的空气、中国情调。可是他并不了解中国，他的改编本中的中国色彩，自然也就不够深刻。

从比较文学形象学的角度看，普契尼的歌剧《图兰朵》至少有三个层面的研究价值：（1）是歌剧中的中国形象；（2）是歌剧中的中国公主——图兰朵形象；（3）是歌剧中的中国音乐形象，即中国民歌《茉莉花》的旋律在歌剧中的运用所产生的音乐形象。波斯、阿拉伯文学中对于中国的描写，自古以来怀有一种美好的想象。《一千零一日》的姊妹篇《一千零一夜》中，中国形象基本上是正面、友善的，如《阿拉丁和神灯》中阿拉丁就是一个中国裁缝的儿子，故事发生在中国。《卡玛尔·宰曼和白都伦公主》中白都伦是中国公主，中国形象是疆域辽阔、建筑豪华、公主美貌。普契尼的歌剧《图兰朵》秉承以往歌剧的异国情调传统，如他的歌剧《波西米亚人》《托斯卡》《蝴蝶夫人》《西部女郎》等都充满了异域风味，但《图兰朵》中的使用中国素材和中国形象还是首次。在普契尼的歌剧《图兰朵》中，许多地名、人名、民俗都采用中国元素：涉及中国的地名有北京、紫禁城、浙江等；人名有孔子，大臣平、彭、庞以及女仆柳儿等；民俗有红白灯笼、烧纸钱，以及鼠、狗、虎等中国生肖。普契尼的改编借用中国日常生活元素，极力想赋予他的歌剧《图兰朵》以中国色彩。然而，普契尼本人并未到过中国，关于中国的讯息多来自书籍、图片等，借以渲染或刻意制造出东方或异国情趣。由此说来，普契尼《图兰朵》中的中国形象还停留在较为浮浅的层面，不足以说明普契尼对中国怀有何种心态。

从《一千零一日》到普契尼的歌剧《图兰朵》，无论剧作家怎样改编，中国公主图兰朵的形象始终未变，她以一位美丽、残酷而又高傲的中国女性形象出现在各种作品中。葛泽同席勒以前的其他改编者都没有从心理动机揭示图兰朵的行为，只有席勒从心理方面寻找动机来说明她并不残酷。席勒的戏剧《图郎多》第二幕中，图兰朵对王子说过这样一段话：“上天知道，别人说我残酷无情，都是假话——我并不残酷，我只要自由生活。我不愿意做任何人的所有物。这一个权力，就是最低下的人从母胎里就已经带来了的，我是个皇帝的女儿，我要保留我这个权利。我看见全亚洲的女人都受男子压迫，带上了奴隶的枷锁，我要为我们被压迫的女性，对别无所长只知欺侮柔和女性的男子复仇。……难道美一定要做一个人的劫掠品吗！它也像天上照得我们欢欣的太阳一般，它是光明的泉源，它是众人眼睛的快乐，但是它不是女奴，不是任何人的私有物。”这一段自白，大胆而又激烈，像妇女解放的宣言书。从性别诗学或女性主义文学批评角度看，《图兰朵》确是一部表达两性冲突——征服与被征服的故事。但中国公主图兰朵究竟是美女还是野兽？是残酷还是智慧？席勒的戏剧《图郎多》是女权的呐喊还是男权的胜利？在席勒的剧作中图兰朵似乎成了符合现代思想的女性代言人和一个纯粹的女权主义者。很明显，席勒的剧作打上了西方思想的烙印。比较而言，普契尼的歌剧《图兰朵》中的图兰朵形象却较为接近《一千零一日》和葛泽的《图郎多——中国公主》中的图兰朵形象。

普契尼的歌剧《图兰朵》使用了中国的音乐旋律作为素材，意在凸显和强调中国色彩。众所周知，只有旋律而无歌词的中国民歌《茉莉花》就被普契尼运用到他的《图兰朵》中。全剧中这个旋律在第一幕图兰朵首次上场之前，由儿童合唱团于幕后演唱，呈现图兰朵的清纯、冷酷和遥不可及。在剧中，图兰朵每次上场时，这个旋律都会被乐团以长短不一地不同方式演奏。旋律唯一一次在图兰朵的口中出现是在第二幕第二景，当卡拉夫三次解谜成功后，图兰朵誓言不嫁，继而迁怒王子，她以《茉莉花》旋律的开始部分唱道："你要掩我到怀中，用暴力，不顾我心，好恐怖！"王子接旋律的后部唱答："不！不！高高在上的公主。我只要感动你，真心爱我。"在乐器的使用上，第一幕里锣被置于舞台，具有音乐和视觉效果上双重的中国色彩。研究者指出："浦契尼《图兰朵》中的'异国情调'元素更胜于中国元素，例如双调性、不和谐和弦、顽固音型、异音音乐等……作曲家慎重地区分了剧中的'中国人'与'异国人'，来自音乐盒和《中国音乐》的旋律虽然在被使用的次数和长度上皆不相同，但都用在'中国人'的角色上，而未用在异国王子、柳儿或帖木儿身上。"可见，普契尼在使用中国的音乐元素时，是有所考量的。目的是让这些中国音乐元素真正起到强化中国色彩的作用。但无论如何，普契尼的《图兰朵》还是有意无意地制造异国情调的梦幻。从《一千零一日》到普契尼的歌剧《图兰朵》，其间经过许多改编者，但关于中国形象几乎都是千篇一律：东方或中国无非就是遥远神秘，西方文学与音乐中的图兰朵永远都是美丽而残忍。作为他者的中国形象或作为异国情调的中国形象，一直都是书本或想象的幻觉，一种艺术的装饰。它表达西方人对东方或中国一种矛盾的接受心理：既好奇向往，又担心恐惧。

文学与音乐的比较文学研究或文学与音乐的跨艺术研究，应该从何入手展开研究？法国三位学者合著的《何谓比较文学》一书中说："比较诗歌和音乐、戏剧和建筑，阐明一致性和相似性，这是一些准确的、有启发的事。”这三位学者将文学和艺术纳入思想史的研究范畴，而不是跨艺术的研究范畴加以思考。至于何谓一致性和相似性，如何研究，则语焉不详。但法国学者毕竟提供了某种研究的思想路径，即文学与音乐的跨艺术研究应该从一致性和相似性着眼，这样的研究方法不妨称为一致性研究和相似性研究。所谓文学与音乐一致性，是从艺术发生学的角度看，音乐与文学的确有着天然本质上同源混生的亲缘关系。这种关系可理解为一致性或一致关系。希腊神话认为音乐起源于神，并称阿波罗、安菲翁和奥菲欧等神和半神为音乐的发明者及最早的音乐实践者。荷马时代，吟游诗人在宴会上唱英雄史诗。古希腊的里尔琴用于独奏、伴唱和史诗朗诵；阿夫罗斯管用于歌唱某种特定诗歌（酒神赞歌）；古希腊三大悲剧家的戏剧中，合唱及其他音乐部分都用阿夫罗斯管伴奏，或与阿夫罗斯管的声音轮流出现。西方音乐史家指出：“对希腊人来说，音乐和诗歌几乎是同义词。”“‘抒情’（lyric）诗歌意即和着里尔琴（lyre）而唱的诗歌；‘悲剧’一词中含有名词 ōdē，即‘歌唱的艺术’。其他许多表示各种诗歌的希腊语词如 ōdē（颂歌）和 hymn（赞美诗）当年就是音乐术语。没有音乐，诗歌形式便没有名称。”文学与音乐尤其是诗歌与音乐，在艺术起源上密不可分。研究它们的亲缘关系，就是研究文学与音乐的一致性。

所谓文学与音乐的相似性，是指文学与音乐存在着相互影响、相互借鉴的关系以及整体上存在共通的交叉关系。文学与音乐的一致性基本上属于艺术发生学研究的范畴，文学与音乐的相似性则真正属于比较文学的跨艺术研究范畴。各种艺术尽管使用的媒介和手法不同，但却是相似的活动，它们之间不仅会由于不同时代精神的影响表现出相似之处，而且常常会有相互的直接影响的联系。音乐与文学的主题学或题材学、渊源学、形象学，以及文学与音乐外在与内在研究等，其实就是一种相似性研究。国内音乐与文学的相似性研究，尤其是宏观研究或者称为平行研究方面，目前已有的成果是罗小平编著的《音乐与文学》，这部专著在谈到文学与音乐的相似性时，从三个方面加以论述："1. 声音——两种艺术依存的物质载体；2. 时间——两种艺术存在的框架；3. 再创造——两种艺术实现审美价值的关键。"或许这样的概括并不十分全面。文学与音乐的相似性还表现在很多方面，如学与音乐的想象力、文学与音乐的精神愉悦功能、文学与音乐表达情感思想等。

选择《一千零一日》和《图兰朵》作为文学与音乐跨艺术研究的个案，是因为它们之间存在着一致性和相似性。歌剧兼有文学与音乐的双重属性，歌剧中音乐的戏剧性与戏剧的音乐性完美融合，它是离文学与音乐两者最近的艺术。如歌剧中的咏叹调（aria）是一个声部或几个声部的歌，一般是主角的独唱，在一部歌剧里至少有一首，有时也会有两首。其特征是富于歌唱性，长于抒发感情，有讲究的伴奏和特定的曲式（多为三段式）。它的作用就像戏剧中的独白，表现出人物的特征。宣叙调（recitativo）是一种朗诵式的歌曲，相当于戏剧中的对白。西方 18 世纪咏叹调统治了歌剧。到现代，在瓦格纳的后期歌剧中，他将两者融会贯通，成为声乐线条，按戏剧情节的需要自由运用。瓦格纳以后的歌剧趋向于大量使用宣叙调，只有极短的经过句用咏叹调格式，同时，乐队部分则起到主题延续和展开的作用。瓦格纳在乐剧中对音乐与诗歌统一的追求影响了威尔第、普契尼、理查德·施特劳斯和德彪西等音乐大师。美国学者唐纳德·杰·格劳特和克劳德·帕利斯卡在《西方音乐史》一书中指出："歌剧是结合独白、对话、布景、动作和连续不断的（或几乎连续不断的）音乐的戏剧。"简言之，歌剧是音乐与戏剧结合的综合艺术。需要指出的是，文学与音乐在发生学上具有一致性。但是，文学与音乐毕竟是两门独立的艺术，使用的媒介和手法各不相同。即使面对相同的题材，文学家和音乐家根据艺术表现的需要也会做出不同的取舍。如《一千零一日》中图兰朵的故事，仅仅为普契尼的歌剧《图兰朵》提供了剧情和面具角色等戏剧的可能性。歌剧剧情基本上与文学原作一致，但音乐戏剧设计上，重点部分差异很大：原作中大臣宣旨、卡拉夫与父亲重逢被以点到为止的方式处理；在解谜、出谜语以及图兰朵的转变上，则进行强化处理。前者起说明剧情的作用，后者则为歌剧的重场戏。可见，相似性研究并非只研究文学与音乐的“同”，而是要注重研究两者的“异”。

综上所述，以《一千零一日》和《图兰朵》为例，探讨文学与音乐的比较研究，借助比较文学的影响研究、形象学研究和跨艺术研究等方法，基本上可以明确文学与音乐比较研究的视域、对象与方法。至于，跨艺术研究中的一致性与相似性研究，不仅为文学与音乐的比较研究提供了某种个案性的思路，也为文学与音乐的跨艺术研究留下更多继续思考和探索的空间。

二、《一千零一夜》与歌剧

从世界歌剧史看，直接取材于《一千零一夜》的歌剧约有五部：第一部是由意大利歌剧家内波蒂编剧、拉博谱曲的五幕歌剧《开罗皮匠马鲁夫》；第二部是法国歌剧作曲家弗朗索瓦·阿德里安·布瓦尔迪厄1800年创作的歌剧《巴格达的哈里发》，或译为《巴格达酋长》；第三部是德国音乐家彼得·科内利乌斯的歌剧《巴格达的理发师》；第四部是德国浪漫主义音乐家卡尔·玛里亚·冯·韦伯的《艾布·哈桑》；第五部是约翰·施特劳斯的轻歌剧《阿里巴巴与四十大盗》。约翰·施特劳斯一生中创作了16部轻歌剧，在约翰·施特劳斯逝世后，维也纳歌剧院在纪念他逝世一周年时，排演了这出轻歌剧，并请作曲家莱特雷尔对它进行整理加工，改名为《一千零一夜》。

歌剧《艾布·哈桑》的故事来源于《一千零一夜》，这是一部短小精悍的作品：钹声和三角铁声贯穿全曲，快速的节奏牵引着灵动的旋律上下起舞。这样的音乐语言显然是受到了韦伯的堂姐夫莫扎特《后宫诱逃》的影响，使得《艾布·哈桑》成了融入东方风情的独幕歌剧。韦伯在他1809年的戏剧配乐《图兰朵》里已经使用了一首来自中国的旋律，并且他是第一位在作品中使用原始的具有民族特色的音乐，而不是精心模仿，东方主义对浪漫派总是充满吸引力。《艾布·哈桑》是一部喜歌剧，题材源于《一千零一夜》的故事。剧中运用宣叙调和口语对话，是当时流行的土耳其风格的歌唱剧。1811年6月4日《艾布·哈桑》首次演出在慕尼黑。巴格达哈里发偶遇艾布·哈桑，接受盛情款待。哈里发与王后打赌，猜艾布·哈桑与妻子谁先死，赢的人将获1000枚金币。哈桑的妻子向王后报告哈桑死了，哈桑向哈里发报告自己的妻子死了。哈里发和王后想知道谁死了，如果是两个都死了，又是谁先死的。哈桑忍不住说："这是我——我先死！"哈里发赦免了哈桑和妻子，并付了1000枚金币。《艾布·哈桑》与黎巴嫩戏剧家马龙·尼卡什（1817—1855）的喜歌剧《糊涂的阿布——哈桑和哈伦·拉希德》（1849）采用同一个的题材，均改编自《一千零一夜》中《睡着的和醒着的人的故事》。《艾布·哈桑》创作演出的时间显然早于《糊涂的阿布——哈桑和哈伦·拉希德》，黎巴嫩戏剧家马龙·尼卡什精通法语，他是否借鉴德国浪漫主义音乐家卡尔·玛里亚·冯·韦伯的剧作则不得而知。

有关《一千零一夜》的歌剧，其中三部都以《一千零一夜》中反复出现的城市开罗和巴格达为地理背景。内波蒂编剧、拉博（Henri Benjamin Rabaud）谱曲的歌剧《开罗皮匠马鲁夫》，于1914年5月15日在巴黎喜剧院首次公演，1917年12月19日初次介绍给美国纽约，在大都会歌剧院演出。其情节大致如下：

第一幕：在开罗。

马鲁夫的太太要吃一个蜂蜜做的糕饼，然而身为丈夫的马鲁夫却只能找到一个白糖制的糕饼。她见了大叫大嚷，警察以为丈夫打了太太，于是打了马鲁夫一百警棍，马鲁夫一气之下便跟随船员跑了。

第二幕：在海滩市场。

马鲁夫的船在海上遇险，幸运地获得了老乡艾里的救助才躲过一劫。艾里是海滩市场首富，给马鲁夫穿最华丽的服装。于是马鲁夫摇身一变，以全世界最大富翁的姿态出现。他的诡计非常成功，就连埃及国王苏丹也听到过这位怪人的大名，并且邀请他到王宫接受款待。

第三幕：埃及皇宫里。

国王对这位神秘的富人的成名故事印象极为深刻，决意将自己的女儿许配给他。公主雍容华贵，仪态万方，与他家中的糟糠之妻真有天壤之别。得到公主为妻的马鲁夫非常满意，于是将自己的秘密一字不留地告诉公主。公主惊闻此秘密 之后，并未拆穿他，因为公主深爱马鲁夫，保守秘密并应允会保护他。

第四幕：皇宫内。

因马鲁夫所说的骆驼商队久久未见到达，国王不免怀疑，决意问个究竟。幸好公主以花言巧语搪塞过去，等到马鲁夫进来，公主问他时，他才承认关于商队的事全是骗人的。两人愉快地生活着，但是终因国王的不断追问而无法再蒙骗下去，于是两人决计私奔。

第五幕：海滩附近一处平原。

马鲁夫和公主在私奔的途中遇到一个正在耕耘的农夫，他们又饥又渴，不得已向农夫讨点食物。等农夫转身去取食物时，公主拿起犁代替农夫耕田。犁头碰到一块大石头，将连接石头的铁链都切断了。感到这块大石头不大寻常，下面似乎藏着财物珠宝，公主便用手将它擦亮以便看个清楚。正在此时，农夫忽然返回，变成一位神仙，马鲁夫需要的财物都出现在了眼前。等国王赶到，看见那么多骆驼装载着富足的商品，高兴之极。对逃亡的爱侣国王也不加追究，满载而归。

拉博的五幕歌剧《开罗皮匠马鲁夫》取材于《一千零一夜》第六卷中的《补鞋匠马尔鲁夫的故事》（纳训译本），歌剧中故事发生的地点也是巴格达。许多译者和研究者认为，《补鞋匠马尔鲁夫的故事》应该是《一千零一夜》的最后一个故事。纳训译本在《补鞋匠马尔鲁夫的故事》后，添加补译了《阿里巴巴和四十大盗》和《阿拉丁和神灯》两个故事。最早将两个故事加进来的应该是法国东方学者安托万·加朗。歌剧《开罗皮匠马鲁夫》的故事情节与原著基本一致，都讲的是穷鞋匠发迹或艳遇。

弗朗索瓦·阿德里安·布瓦尔迪厄（Francois Adrien Boieldieu），1775 年 12 月 16 日生于鲁昂，1834 年 10 月 8 日卒于雅尔西。他父亲是当地的大主教，他本人在鲁昂的大教堂里受到了音乐教育。布瓦尔迪厄最初跟随鲁昂教堂的管风琴师 C. 布罗什学习音乐，1791 年被任命为鲁昂圣·安德烈教堂管风琴师。不久他举行了钢琴演奏会，演奏了自己创作的奏鸣曲、集成曲和《F 大调钢琴协奏曲》。他最感兴趣的是歌剧。1793 年他的第一部喜歌剧《有罪的女儿》上演，获得成功。1796 年移居巴黎。1797 年在巴黎演出了他的 3 部独幕喜歌剧，从此奠定了他作为法国歌剧作曲家的地位，成为巴黎最有声望的歌剧作曲家之一。1798 年至 1809 年间被聘为巴黎音乐学院教授。布瓦尔迪厄一生创作有舞台音乐作品四十余部，包括喜歌剧和严肃歌剧，尤以喜歌剧作品最为突出。他的歌剧作品在 18 世纪很有影响力。代表作《巴黎的约翰》奠定了法国浪漫派歌剧的基础。其他作品有《有罪的女儿》（1793）、《巴格达的哈里发》（1800）、《巴黎的约翰》（1812）、《小红帽》（1818）、《白衣女郎》（1825）、《两夜》（1829）等。他吸收

G. 罗西尼的歌剧成就并加以创造性地运用，其技巧精湛，生活场面的色彩浓郁，戏剧性强，格调优美，具有独到之处。喜歌剧又称“谐歌剧”，是和正歌剧相对应的歌剧品种，盛行于18世纪。题材取自日常生活，音乐风格轻快诙谐。它包括这样一些常见的特性：表现人们熟习的生活场景和人物，具有喜剧要素，结尾常常是团聚或成功，音乐轻快，用本民族言语等。喜歌剧主要盛行在法国、意大利、德国等欧洲的国家。这些国家的喜歌剧有着不同的特征。

法国喜歌剧区别于其他国家特别是意大利喜歌剧的最明显的特性是，它用说白替代宣叙调，也就是说它是歌唱、说白、扮演相分离的喜歌剧。此类歌剧中的演唱，咏叹调常常不是表达感情的主要手段，而是采用浪漫曲、分节歌、舞蹈歌曲乃至挖苦歌曲及对白等表现世态习俗题材。意大利喜歌剧与法国喜歌剧不同之处便是意大利喜歌剧的本身特征。它和法国喜歌剧的重要区别在于，意大利喜歌剧的音乐是连续的，绝没有法国喜歌剧中的“说白”。这一差异后来演化为一场激烈的关于喜歌剧的论争。事实上，意大利喜歌剧的实践表现比法国喜歌剧更成熟，也更具艺术魅力。18世纪中叶前后，在德国兴起了一种新型的喜歌剧方式，称作歌唱剧。其方式也是歌唱和说白相分离的，内容并不全是喜剧性的，大部分的歌唱剧都以民间生活为题材，音乐风格朴实无华但很有感染力。音调亦常常突出城市或乡村歌曲音调特征。19世纪，法国许多城市都设有喜歌剧院，喜剧的音乐氛围得到加强，相继出现了布瓦尔迪约（1775—1834）的《巴格达酋长》（1800）和《白衣夫人》（1825）等剧目。

《巴格达的理发师》德语为“Der Barbier von Bagdad”，是二幕喜歌剧，彼得·科内利乌斯的作品生活气息浓郁，旋律优美动人，戏剧性强，在法国音乐史上地位很高。该剧于1858年12月15日在德国魏玛首次公演，指挥者为李斯特，他指挥自己学生彼得·科内利乌斯的歌剧《巴格达的理发师》时，遭到了非难。1890年1月2日在纽约大都会歌剧院初次演出。剧中人物有：国王、法官、马尔加娜（法官女儿)、波斯塔娜（马尔加娜女佣)、努雷丁（马尔加娜男友）阿布尔（理发师)。《巴格达的理发师》的基本剧情是：

第一幕：在努雷丁家中一个房间。

努雷丁正在为马尔加娜而狂言呓语，他希望这位小姐能够医好自己的病。正巧小姐的女佣波斯塔娜带来好消息，说马尔加娜小姐会来看他。努雷丁闻讯喜极，立刻请一位多嘴的理发师阿布尔来修整面容。这位热心肠、好管闲事的理发师很关心努雷丁和马尔加娜的这段爱情。于是借故做做停停，最后虽然修整完毕，但仍逗留不走，甚至自告奋勇要陪伴努雷丁去访问马尔加娜小姐。为了撇开理发师的纠缠，努雷丁只得命令佣人装病，然后再请理发师把假病人带走。

第二幕：在法官寓所一个房间。

马尔加娜因为即将看到努雷丁而心情愉快轻松，马尔加娜的父亲也因为一位朋友将要从大马士革来看他而满心高兴，他还答应将女儿许配给这位远来的访客。当法官上教堂去祷告，留下女儿独自在家时，努雷丁即悄悄地来到。但是一对爱人相见的愉快时间很快便受到了外面的干扰。首先是理发师在街上唱歌，然后波斯塔娜赶来报讯，说法官意外地突然回家了。当努雷丁匆匆忙忙躲进一只箱子里时，理发师却冲进了房间。原来他误以为外面鞭打奴隶的声音是努雷丁在哭泣哩。波斯塔娜想把箱子移开，但为法官所阻。这阵纷扰引来一大群好奇的观众，甚至连国王也亲自驾临。理发师责备法官杀害了努雷丁，而当国王命令将箱子打开时，却发现努雷丁就躲在箱子里面差点窒息而死。于是在国王的请求之下，法官终于答允女儿和努雷丁的婚事。而被误认作狂人的理发师，则荣获国王的恩宠，成为国王最喜欢的说书、讲故事的官员。

“理发师”成为文学艺术家经常使用的题材之一。如歌剧家罗西尼的《塞维利亚理发师》是根据法国作家博马舍1775年所写的同名剧本而创作的二幕喜歌剧，由意大利歌剧大师罗西尼作曲、斯特比尼作词。据传，这位“歌剧天才”仅用了两周时间就完成了这部喜歌剧中的不朽杰作。《塞维利亚理发师》自1816年在罗马阿根蒂那剧院首次公演之后，便成为享誉世界的传世经典，至今仍在世界各大剧院盛演不衰。7世纪西班牙的塞维利亚，年青的伯爵阿玛维瓦与富有而美丽的少女罗西娜相爱。但罗西娜的监护人、贪婪的医生巴托洛也在打罗西娜的主意。无奈之下伯爵只好求助城中好管闲事的理发师费加罗。尽管巴托洛百般阻挠，并且有音乐教师巴西里奥的帮助，但仍然挡不住费加罗的各种巧妙诡计。在一连串令人啼笑皆非的闹剧后，阿玛维瓦和罗西娜冲破阻挠，最终结成一段美妙良缘。1998年俄罗斯、法国、意大利和捷克四国合拍了电影《西伯利亚理发师》。电影中用无国界的音乐——莫扎特——来隐晦地说明这个初衷，工业文明只会带来对文化传统的摧残，电影中是机器——伐木工具“西伯利亚理发师”。其中穿插着《费加罗的婚礼》演出，《费加罗的婚礼》（Le Nozze di Figaro）是莫扎特最杰出的三部歌剧中的一部喜歌剧，完成于1786年，意大利语脚本由洛伦佐·达·彭特（Lorenzo da Ponte）根据法国戏剧家博马舍（Beaumarchais）的同名喜剧改编而成。

该剧的题材来源于《一千零一夜》（纳训译本）第一卷《驼背的故事》中《裁缝和六个理发师的故事》中的第一个理发师的故事。与原故事相比，歌剧基本上照搬了原著的故事情节，对故事几乎没有做改动或改编。原故事本身就有喜剧色彩，甚至还有一点闹剧特点，改编后的歌剧沿袭了这种风格。《裁缝和六个理发师的故事》中的第一个理发师的故事是一段爱情故事，理发师并不是主角，而是配角。其中主人公努雷丁躲进箱子的细节，在《一千零一夜》中的其他故事里也有叙写。

上述两部歌剧均含有轻喜剧的色彩，充满了滑稽、巧合等喜剧因素。18 世纪以来，欧洲歌剧家大量采用东方题材的故事或地域背景来表现东方情调。如莫扎特的歌剧《后宫诱逃》和《魔笛》，意大利歌剧家威尔第的歌剧《阿依达》，普契尼的歌剧《蝴蝶夫人》和《图兰朵》，法国歌剧家梅耶贝尔的《非洲女》，马斯内的歌剧《泰伊斯》和德利勃的歌剧《拉克美》等，都属于表现“东方主义”的歌剧。因而，取材于《一千零一夜》的歌剧大致与这种艺术潮流有关。

19 世纪末至 20 世纪初，西方音乐家的目光转向了东方，并逐渐形成了东方主义，而东方主义的源头则是阿拉伯音乐。中世纪以来西班牙深受阿拉伯音乐影响，或有意识地自发地保留了来自阿拉伯时代的影响。这种影响特别在民歌等方面表现得尤为明显，贝列纳山区的民歌和安达卢西亚地区的歌舞就是很好的证明。除伊比利亚半岛以外，在巴尔干半岛和靠近俄罗斯东部地区的民歌中也可以听出阿拉伯、土耳其的味道，然而这种异国情调已被吸收得不露多少痕迹，它流传到俄罗斯民族乐派的作曲家中间，并在巴托克、柯达伊等匈牙利作曲家的民族音乐中发展蔓延。后来据有东方情调的音乐多见于歌剧和歌曲，这些取材于东方的具有异国情调的作品，大多是原封不动地采用了阿拉伯旋律。在各种各样阿拉伯典型旋律中，他们最喜欢把做礼拜用的朗诵调加到西欧的乐曲中。科内留斯的歌剧《巴格达的理发师》第二幕前奏中的大管独奏、亨利·拉博（Henri Rabaud，1873—1949）的《开罗的修鞋匠马尔鲁夫》、费利西安（1810—1876）的《沙漠》、列依埃尔的《东方交响曲》、比才的《加米列》等作品，所采用的就是上述礼拜用的朗诵调旋律。为了表现阿拉伯风格而经常被采用的还有阿勒颇地区礼拜朗诵调的旋律。东方色彩浓厚的作品，除以上所列举的之外，还有赛扎·弗朗克的清歌剧《鲁特》，比才的歌剧《彩珠人》《阿莱城姑娘》《卡门》，威尔第的《阿依达》，歌德马克的《示巴女王》，玛斯涅的《埃罗底阿特》，圣—桑的《阿尔及利亚组曲》《波斯旋律》《非洲》，阿尔贝尼斯的《伊比利亚》，艾玛努埃尔·夏波里埃的《西班牙狂想曲》，拉罗的《纳木那》，德彪西的《伊比利亚》，德·法亚的《科尔多瓦传奇曲》，鲁塞纳的《安达卢西亚的歌调》，里姆斯基·柯萨科夫的《天方夜谭》等，都充满着阿拉伯音乐的旋律和节奏。

从19世纪初至今，在东方主义的发展中有些音乐家进行了值得注目、然而并不为人所知的工作。萨尔瓦多·达尼埃尔（1831—1871）就是这样一位音乐家。他作为作曲家并不很出名，但是他作为阿拉伯音乐的研究者、介绍人，却是很有功绩的。在他不幸去世50多年之后，他的著作《阿拉伯音乐》才由法玛译成英文并为人们所知。他非常景仰因交响诗《沙漠》而博得巴黎乐坛好评的费利西安·大卫。他移居阿尔及利亚，学习阿拉伯语言，在着手研究文献的同时，他又从阿拉伯人那里学习了地道的阿拉伯音乐。其成果是他记谱收集的《阿拉伯歌曲集》和《关于阿拉伯音乐、希腊音乐以及与格列戈里圣咏有关若干乐器的起源和变迁》。这两本书曾被介绍到巴黎，但是，他在阿尔及利亚更负盛名。他的《阿拉伯随想曲》在巴黎进行了演出。萨尔瓦多·达尼埃尔未完成的事业又经萨蒂、德彪西、拉威尔等现代作曲家之手向前推进了。在现代作曲家之中，仍有许多充满异国情调或东方色彩的音乐。

三、《一千零一夜》与圆舞曲

圆舞曲，德文“Walzer”，又音译为“华尔兹”。据考证大约是在1780年前后出现的，最初来自古德文“Walzl”，意思是“滚动”“旋转”或“滑动”。而3拍子“蹦嚓嚓”节奏的圆舞曲则很早之前就流行于欧洲，特别是在德国巴伐利亚和奥地利维也纳一带的农民中；至于华尔兹类型的舞曲，则早在17世纪就演奏于哈普斯堡的皇家舞会上。18世纪末的法国大革命及其在欧洲各国的激烈影响、工业革命的兴起以及工人阶级的大规模出现等，使人们对自娱性舞蹈风格的要求发生了巨大的改变。曾一度广为流行的小步舞和加伏特舞，因其刻板、拘谨的风格而遭到淘汰。身体轻松自然、风度飘逸洒脱的华尔兹一时间成了人们更能自得其乐的方式。小约翰·施特劳斯，全名约翰·巴普蒂斯特·施特劳斯（Johann Baptist Strauss），1825年10月25日出生，是老约翰·施特劳斯之子，奥地利著名作曲家。因与其父同名，故通常称其为约翰·施特劳斯二世或小约翰·施特劳斯，他所创作的圆舞曲作品最为著名。

1872年2月10日，小约翰·施特劳斯创作的轻歌剧《阿里巴巴和四十大盗》在维也纳上演。1899年6月3日，74岁的小约翰·施特劳斯因肺炎逝世，并被葬在维也纳中央公墓。小约翰·施特劳斯临终前仍在努力创作芭蕾舞剧《灰姑娘》。小约翰·施特劳斯去世后，恩斯特·莱特雷尔（Ernst Reiterer）对这部轻歌剧进行了修改，更名为《一千零一夜》，并选用轻歌剧《阿里巴巴和四十大盗》中的旋律缀合而成。它由序奏、三首小圆舞曲和结尾组成。序奏先是行板速度，6/8拍子，C大调。小号轻吹的一段音乐使人联想起《一千零一夜》。到后半部分，转到A大调，改为圆舞曲速度。第一圆舞曲规模较大，采用带三声中部的复三部曲式，开头部分由A和B两段音乐组成。三声中部转为E大调。第二圆舞曲过门后在C大调出现咏叹调风格的主题A，接着由下行旋律线谱写的主题B。第三圆舞曲由二部曲式组成。4小节过门后在F大调上重复奏出主题A，然后是主题B。结尾再现第一圆舞曲和第二圆舞曲的主要段落，以第一圆舞曲的变奏结束。小约翰·施特劳斯《一千零一夜》圆舞曲，成为圆舞曲这类音乐作品唯一的源自文学名著《一千零一夜》的艺术改编品。

四、《一千零一夜》与交响组曲

组曲是最古老的器乐套曲形式，源于对比性舞曲的组合。早在 14 世纪，舞会里就盛行一慢一快的对比性舞曲的组合。16 世纪初，琉特演奏家仿此形式以一首庄严的 2 拍舞曲与一首轻快的 3 拍舞曲联合成套曲。在法国、德国及英国，通常采用帕凡舞曲和加亚尔德舞曲的组合；在意大利，则采用帕萨梅佐舞曲和萨尔塔雷洛舞曲的组合。此外，许多作曲家还按照自己的艺术构思，进行各种组合的试验。从当时编辑的琉特曲集中，经常可以发现 3 个或更多舞曲的组合形式。几个具有相对独立性的乐章，在统一艺术构思下，排列、组合成器乐套曲。

组曲作为音乐体裁的名称，最早见于 1557 年，但其结构形式长期变化不定。公认的典型形式是由撒克逊键盘作曲家 J. J. 弗罗贝格尔定型的。1650 年流行的组曲形式常由阿勒芒德—库朗特—萨拉班德 3 种舞曲构成，弗罗贝格尔也按此创作了不少组曲。嗣后，吉格插入组曲，有时置于库朗特之前，有时置于其后。弗罗贝格尔死后，他的组曲曲集 1693 年出版，其舞曲排列的次序被公认为古典组曲形式的楷模。

古典组曲是按阿勒芒德—库朗特—萨拉班德—吉格的次序排列构成，间或冠有前奏曲和插入布雷、加沃特、小步舞曲等乐曲，有时甚至插入特性曲及标题小曲。各乐章均使用同一调性，都以二段式写成，每段各自反复演奏 1 次。当时许多著名的作曲家，如英国的 H. 珀塞尔、法国的 F. 库普兰、意大利的 A. 科雷利、德国的 J. S. 巴赫及 G. F. 亨德尔等，都创作了不少组曲，其中以巴赫的《英国组曲》及《法国组曲》最为著名。

当时还有一种芭蕾组曲，其类型及数目随舞剧性质的不同而有所差异。这一形式始于 J. B. 吕利，由 1 首序曲及 1 组舞曲组成，后人称之为序曲。巴赫曾仿此形式写了 4 首乐队组曲，亦称序曲。

1750 年后，奏鸣曲、交响曲及协奏曲崛起，引起作曲家的兴趣，组曲渐趋衰微。但当时流行的一些弦乐曲，如小夜曲、遣兴曲、嬉游曲等也由多乐章组成，亦具组曲的性质。古典乐派的大师们大都作有这类乐曲。19 世纪 70—80 年代现代组曲兴起，这类组曲由若干不同体裁、不同性格、不同调性的乐曲集合而成，大致可分 5 类：

集锦式组曲。由配剧音乐、舞剧、歌剧、电影音乐或配乐朗诵等音乐中选出若干乐曲辑成，如 G. 比才的《阿莱城姑娘》组曲、E. 格里格的《彼尔·英特》组曲、柴可夫斯基的《胡桃夹子》组曲等。

独立的标题性组曲，也可称为交响组曲。如 H. A. 里姆斯基·柯萨科夫的交响组曲《山鲁佐德》、G. 霍尔斯特的《行星》组曲等。

特性曲组曲。由 19 世纪出现的各种特性曲及标题小曲组成，如 R. 舒曼的《狂欢节》、柴可夫斯基的《第三管弦乐组曲》（1884）等。

民族风格的组曲。随 19 世纪民族意识的高涨而产生，如德沃扎克的《捷克》组曲、H. И. 佩科的《摩尔达维亚》（1950）等。

仿古组曲。这类组曲 19 世纪已有，至 20 世纪，因受新古典主义思潮影响，更为突出。如格里格的钢琴组曲《霍尔堡时代》、M. 拉韦尔的《库普兰之墓》、P. 欣德米特的《1922》等。

交响组曲，是由几个乐章组成的套曲。交响曲组曲的各乐章结合严密，富有逻辑性，适合表现戏剧性比较强的主题。以《一千零一夜》为题材，俄罗斯音乐家里姆斯基·柯萨科夫创作了交响组曲《舍赫拉查德》。它由四个乐章构成：第一乐章“海与辛巴德的船”（The sea and Sinbard's ship）；第二乐章“卡伦德王子的故事”（The story of the Kalender prince），它是《一千零一夜》的故事集“脚夫与巴格达三个女人的故事”中套进了三个僧人的故事，他们原来都是太子，由于不同的奇妙遭遇他们全都瞎了一只眼，剃了头发和胡须，穿上僧服。在巴格达那三姐妹家讲述他们各自的经历；第三乐章“王子与公主”

(The young prince and the young princess);第四乐章“巴格达的节日,大海,船在耸立着青铜骑士的岩石旁遇难,终曲”(Festival in Bagdad, the sea, Shipwreck; Conclusion)。可以看出,组曲四个乐章来自《一千零一夜》全书的引子、三个僧人的故事以及辛巴德航海记等。而《一千零一夜》大约有二百五十多个故事,交响组曲只是借用了其中三组故事,而且还是片段。虽然整首曲子充满了民族性、故事性、叙事性,但与《一千零一夜》相比,故事是零散的,叙事是跳跃性的,只不过用富有民族特色的乐器表现阿拉伯风情,所谓民族性,也只不过是一种点缀和装饰罢了。根据《一千零一夜》研究专家的考证,辛巴德航海记并未出现在《一千零一夜》的较早版本。

里姆斯基·柯萨科夫的交响组曲《舍赫拉查德》,由一些东方或阿拉伯的画面和形象交替组成。其中有的是风俗性的趣闻,有的是幻想性的自然景色或爱情场面;有时像充满炽热的激情火山,有时则像细腻温柔的小夜曲。组曲于1888年写成,是概括的标题性音乐,像交响组曲《安塔尔》那样,里姆斯基·柯萨科夫在这部作品总谱扉页上也有一段文字说明:“苏丹王山鲁亚尔认为女人都是不忠实的,他发誓要把自己的每一个妻子在第一夜之后全都处死;但是舍赫拉查德王后由于善于用故事来取悦她的丈夫而救了自己的生命,她的故事连续讲了一千零一夜,因此山鲁亚尔为好奇心所驱使不断延缓她的刑期,最后完全打消了自己的主意。舍赫拉查德为他讲述许多奇事,引用了诗人的诗句和歌曲的歌词,一篇童话套着另一篇童话,一则故事套着另一则故事。”但在重版时,作者将各乐章的小标题全部删去了。为此作者指出:“我采用这些提示,只是想把听众的想象,引入我自己的想象所遵循的发展轨道,使每一个人都能自由地想象更为详细的个别细节。”看来作者后来并不希望本曲具有过于明确的标题内容。苏联音乐学家阿萨菲耶夫评论本曲时说道:“在富于造型性、色彩性的组曲中,里姆斯基·柯萨科夫充分发挥了他的造型能力与幻想力。在这里起着重要作用的不是情绪的紧张度和戏剧性，而是色彩和装饰的对照性配置，是优美的节奏和出色的表现力。……在这部大规模展开的东方风格的交响组曲中，有着用音响来表现的风光景物、风俗性场面、传奇性故事以及抒情性的插曲。……在色彩合理的配置、动力性的音响（音的积蓄与释放）、拍节的匀称以及诸音乐要素的平衡等方面，《天方夜谭》组曲无疑是里姆斯基·柯萨科夫的交响组曲中最成功的。”其实早在《舍赫拉查德》之前，里姆斯基·柯萨科夫就已经依据俄罗斯作家森科夫斯基的《阿拉伯故事集》创作了交响曲《安塔尔》（Antar），它作于1868年，1876年修订，1897年再修订。在他的自传《我的音乐生活》一书中曾提到：“《安塔尔》对我个人而言，是交响诗、组曲、童话、传说，它可以有任何其他代名词，但绝不是交响曲。”《安塔尔》其中的旋律来自萨尔瓦多·丹尼尔曲集中的阿尔及利亚民歌《亚米娜》，极具阿拉伯风情。《安塔尔》即《安塔拉传奇》，是阿拉伯古代长篇故事集，根据民间流传的古代骑士、七首悬诗诗人之一的安塔拉（525—615）的事迹加工整理而成，其中有许多神话和虚构的情节。安塔拉集诗人、情人和骑士的身份于一身。西方的东方学家把《安塔拉传奇》称作“阿拉伯的《伊利昂纪》”。本书的编著者已难考定，一般认为是9世纪阿拉伯说书人艾绥迈伊根据民间传说整理而成，后至10世纪由尤素福·本·易司马仪加工增补成书。全书最后定型不晚于14世纪。此书有两种通行本：希贾兹本较长，叙利亚本或伊拉克本较简。全书为韵文体，间有诗歌。这部作品对后世作家影响很大，埃及近代诗人艾哈迈德·邵基曾根据它的故事写成诗剧《安塔拉》。

除此之外，《印度之歌》这首著名的歌曲原是里姆斯基·柯萨科夫的歌剧《萨德科》的插曲之一。这部歌剧是根据俄罗斯民间传说创作的，传说在伏尔加河流域有一位流浪的民间琴师萨德科，眼见人民生活于痛苦之中，决心到海外去为人民寻找幸福。他的琴声感动了海王的女儿伊尔明公主，萨德科得到公主的帮助，造成三艘大船出海。在印度，他们想以在斯堪的纳维亚俘获的白马换取印度大王的会唱幸福歌的凤凰，但大王坚持要赌象棋，并在比赛时安排了许多歌女在萨德科身边翩翩起舞，进行诱惑和骚扰，本曲就是为这一情节而编配的。原曲为声乐作品，后被改编成大提琴、钢琴、小提琴等乐器的独奏曲和管弦乐曲等形式。里姆斯基·柯萨科夫这一段迷人的歌曲富有东方色彩，首尾采用五声的音调，均衡的节奏平稳地进行，仿佛印度歌女正在娓娓动听地讲故事。乐曲的中段旋律是与原歌曲中富有传奇色彩的歌词相配合的，大量运用半音阶加上大、小音程色彩的瞬间变幻，自始至终给人一种飘忽于神话中的感觉。从交响组曲《安塔尔》《舍赫拉查德》到歌曲《印度之歌》，里姆斯基·柯萨科夫对东方文化情有独钟，他的音乐作品弥漫着浓郁东方情趣。“我在写《天方夜谭》时所依据的程序是《天方夜谭》中许多个别而不相关联的故事和情景；这些就都编在我那部组曲的四个乐章里：海和辛巴德的船、卡伦德王子和公主、巴格达节日，以及那冲向有着铜骑士的岩石的船等，而第一、第二、第四这三乐章的简短引子和第三乐章中小提琴独奏的间奏曲（就是描写舍赫拉查德把她的奇妙的故事讲给严厉的苏丹听的一段）便把他们连贯起来；第四乐章的最后的结束在艺术上也有同样的作用。要想在我的组曲里找到几个与那些诗意的乐思和观念紧密地联系在一起的主导动机，那是不可能的；相反的，在大多数情形下，所有这些像是主导动机的东西都不过是纯粹音乐素材，否则就是为交响曲发展而设的动机。这些动机星罗棋布一般穿插在组曲的各乐章里，互相交替，互相纠结；更因为它们每次出现时都具有不同的光彩，描摹不同的特质，表达不同的情致，所以同一个指定的动机和主题每次都代表了不同的形象、动作和画面。这样，原先在卡伦德的叙述里（第二乐章）出现过的用弱音器的长号和小号的那段轮廓清晰的合奏动机，后来在第四幕中描写触礁的船时又再度出现，虽然这与卡伦德的叙述毫不相关。卡伦德的叙述中的主要主题（B 小调 3/4）和第二乐章中公主（降 B 大调，6/8 用单簧管奏）后来经过一番乔装改扮，速度加快了，而变为巴格达节日的那些副主题；然而在《天方夜谭》里却从来没有提起过这些人参加这些节日宴会。原来用来描写舍赫拉查德的严厉的配偶的那个齐奏的乐句，在组曲开始时卡伦德的叙述里又用为音乐素材，但事实上这里根本不可能讲起苏丹舍赫吕亚尔。这样，以这些音乐素材作为乐曲的基础而把它自由地发展时，我的意思是要写一部四个乐章的交响组曲；这四个因为有着共同的主题和动机紧密地联结在一起的乐章，却表现了具有东方特色的神仙故事的、光怪陆离的形象和图案——这方法我在神仙故事中用得很多；其实在神仙故事里，与在《天方夜谭》中一样，音乐的素材也是不容易与诗词的素材相辨别的。我原有意把四个乐章这样命名：第一乐章——前奏曲；第二乐章——叙事歌；第三乐章——慢板乐章；第四乐章——最后乐章。但由于里亚多夫和别人的劝告没有这样做。我向来就不喜欢在我的作品中找出一个明确的标题，所以，后来在新的版本里，我就连每个乐章前面所标的题名像《大海》《辛巴德的船》《卡伦德的叙述》之类都删掉了。”删掉乐章标题，里姆斯基·柯萨科夫意在发挥音乐自身超越“语言”的能力，以展开更广阔的想象以便更准确地把握全部故事的总体情态。

苏联音乐芭蕾舞家菲克列特·阿米罗夫于 1979 年创作了《一千零一夜》，这是他辞世前 5 年完成的一部芭蕾舞音乐力作。90 年前，俄罗斯作曲家里姆斯基·柯萨科夫以同一题材创作了不朽的传世之作——交响组曲《舍赫拉查德》。这无疑促使阿米罗夫另辟蹊径，以自己特有的风格重新开掘这一世界文学宝库。同里姆斯基·柯萨科夫的交响组曲比较，阿米罗夫的舞剧《一千零一夜》的音乐具有两方面的特点：一是直接取材阿拉伯民间音乐。里姆斯基虽然对东方音乐有着浓厚的兴趣和特殊的敏感，但他毕竟是俄罗斯人，他的“阿拉伯音乐”是想象出来的。而阿米罗夫是阿塞拜疆人，其民族、宗教及包括音乐在内的文化传统，与阿拉伯人毫无二致。因此，这部舞剧音乐的阿拉伯情调十分纯净地道。其中西亚音乐特有的双增二度调式、3 +3 + 2 的复合节拍、民间弹拨乐器和排鼓的特殊音色等都是在里姆斯基的作品里未曾有过的。二是音乐结构的舞剧化，里姆斯基的交响组曲从纯音乐表现的角度选材，略去了舍赫拉查德进宫前后王宫所发生的故事情节，而选择了她讲述的适于交响音乐表现的 4 个故事，写成 4 个各自独立的、以主题展开为特征的乐章，阿米罗夫的舞剧则直接从舞剧表现特点出发，将舍赫拉查德自身的故事置于台前，作为第一幕，而把她讲述的神秘故事置于第二幕。两幕的音乐各自独立，每一幕音乐一气呵成，内部结构又以对比为特征，使群舞、独舞、双人舞的展现交替进行、错落有致，舞台色彩的变换节奏鲜明。从阿米罗夫芭蕾舞剧的题材上看，基本上采用的是《一千零一夜》的引子部分的故事。

《阿拉丁组曲》（Aladdin Suite），是丹麦作曲家卡尔·尼尔森（Carl Nielsen）的代表作，乐曲编号为 op. 34，FS. 89，是作曲家为丹麦著名戏曲家欧伦施莱厄的戏剧《阿拉丁》所谱写的配乐。该组曲诞生于 1919 年。1919 年 2 月丹麦著名剧作家欧伦施莱厄（Adam Oehlenschlager，1779—1850，在诗歌、戏剧和搜集整理丹麦民间文学等方面都有杰出的贡献）的作品《阿拉丁》在哥本哈根皇家剧院上演。这组乐曲的绝大多数篇章是在 1918 年夏天的斯卡恩完成的，1919 年 1 月回到哥本哈根之后尼尔森完成了全部乐章。不过在戏剧上演的时候，因为整部剧演出制作上的困难，导演删掉了相当一部分乐曲并且更改了舞曲的顺序，为此尼尔森非常气愤，要求在海报和节目单上去掉自己的名字。事实上，这部戏剧并不成功，只演了 15 场。愤怒过后，尼尔森将配乐中的精华部分组合成为一部组曲，即《阿拉丁组曲》。

《阿拉丁组曲》的唱片在全世界都十分稀有，1992 年俄罗斯指挥大师罗杰斯特文斯基执棒丹麦国家交响乐团录制过一版，由当时以录制罕见曲目而著称的英国老牌唱片公司 Chandos 发行，并毫无悬念地摘得了《企鹅唱片指南》的最高大奖“三星带花”。因此这版唱片身价之高，也令其成为“最昂贵的唱片之一”。

2005 年，NAXOS 公司发行了由尼克拉斯·威廉（Niklas Willen）指挥、南日德兰交响乐团演奏的《Aladdin Suite，Pan and Syrinx etc》（阿拉丁组曲、潘神与绪任克斯），其中就包括管弦乐组曲《阿拉丁组曲》的七首。分别为：

（1）The Festival March（节日进行曲）

（2）Aladdin's Dream and Dance of the Morning Mist（阿拉丁的梦和晨雾之舞）

（3）Hindu Dance（印度舞曲）

（4）Chinese Dance（中国舞曲）

（5）The Marketplace in Ispahan（伊斯法罕的集市）

（6）Dance of the Prisoners（囚徒之舞）

（7）Negro Dance（黑人舞曲）

作为世界著名的音乐作品，《阿拉丁组曲》常为世界各大知名乐团在许多重要的音乐会上（如 2006 年柏林温伯尼森林音乐会）所演奏。最为中国人所了解的是 2012 年在瑞典斯德哥尔摩音乐厅举行的诺贝尔奖颁奖仪式。由于中国作家莫言获得诺贝尔文学奖，颁奖乐队在莫言领奖后开始演奏阿拉丁组曲第四曲《中国舞曲》（Chinese Dance），以此向中国和莫言致意。这首音乐因此被世界各地的华人所认识和了解。

五、《一千零一夜》与艺术歌曲

艺术歌曲（德语“Lied”，复数“Lieder”）与歌曲有所不同；艺术歌曲的德语字义即“歌曲”，但“艺术歌曲”通常特指欧洲古典音乐中的一种歌曲形式，英语也可称为“art song”。典型的艺术歌曲表演形式是由一位歌唱者与钢琴伴奏一起演出。有时候多首艺术歌曲（Lieder）可以构成一组联篇歌曲（德语“Liederkreis”，英语“song cycle”），即由一串歌曲连接成单一故事或主题。作曲家舒伯特及舒曼就擅长创作这种类型的音乐作品。因为在德语中，“Lied”仅指“歌曲”，因此德语的使用者也经常以更精确的字“Kunstlied”来指称“艺术歌曲”。

法国作曲家拉威尔（Maurice Ravel 1875—1937）在1903年完成的声乐套曲《舍赫拉查德》，它的歌词作者克林塞尔（Tristan Klingsor 1874—1966）为法国作家，歌词如下：

1. 亚细亚

亚细亚，亚细亚，亚细亚，
童话里古老神奇的大地，
在那里梦幻像一位女皇
在她神秘的树林里沉睡。
亚细亚，
我想就在今晚
驾船从港口出发，
秘密、孤独地出发，
展开紫色的风帆，

仿佛金色天空中一只巨大的夜鸟。
我想出发，前往鲜花的岛屿，
倾听海洋任性的歌声，
那古老迷幻的旋律。
我想去看大马士革和波斯的城市，
看它们在天穹里光辉的尖塔；
我想去看美丽的丝绸头巾
遮盖着深色的脸和闪亮的牙；
我想去看含着爱的黑眼睛
和闪耀快乐的瞳仁，
还有橙子一般的黄皮肤；
我想去看天鹅绒的长袍
和缀着长璎珞的衣裳。

我想去看白胡子老头
嘴里叼着长烟袋；
我想去看刁钻的商人瞪着对眼，
还有法官和元老，
他们歪扭的手指头动一动
就随心所欲地行使了生杀大权。
我想去看波斯、印度，然后是中国，
去看华盖下大腹便便的清朝官吏，
长着秀气小手的公主，
还有文人墨客，
他们争论诗歌和美人；
我想在魔幻般的宫殿里徘徊，
像一个异邦的旅行者

悠闲地注视木框里的丝绣,
上面有如画的风景,
有一个人物站在果园中央;
我想去看满脸堆笑的刺客,
刽子手用巨大的东方弯刀
砍下无辜的头颅。
我想去看穷人和女王们;
我想去看玫瑰花和鲜血;
我想去看由爱或恨铸成的死亡。
然后我回来了,
然后给好奇的人们讲述我的冒险,
我像辛巴达一样,
不时把古老的阿拉伯杯子举到嘴边,
巧妙地中断我的故事。

2. 魔笛

夜色温柔,我的主人睡了,
戴着又圆又尖的丝帽,
他又长又黄的鼻子藏在白胡子里。
可是我醒了,
听到外面
一支笛子吹出的歌,
时而忧伤,时而欢乐,
时而消沉,时而轻快。
我走到窗口,
那是我爱的人在吹。
那笛子里吹出的每一个音符

都像一个神秘的吻
飞上我的脸颊。

3. 冷漠的人

你的眼睛温柔得像个姑娘，
年轻的陌生人，
你英俊的脸庞长满茸毛，
那优美的轮廓
更加迷魂。
你在我家台阶上唱歌，
那语言我不懂却很吸引人，
听起来像跑调的音乐……
进来！我要用葡萄酒款待你……
可是不，就待在台阶上，
我要看着你离开，
朝我做最后一个优雅的姿势，
你的腿轻轻迈着
柔弱、疲倦的步伐……

莫里斯·拉威尔 1857 年生于比利时，1937 年卒于巴黎。他与德彪西、斯特拉文斯基一道打破德、奥作曲家在欧洲音乐上的统治地位。他对异域风情，尤其是对西班牙、古代遗址和东方文化情有独钟，在许多作品中独有表现。拉威尔的声乐套曲《舍赫拉查德》创作于 1903 年，是拉威尔乐队歌曲的早期代表作，由三首歌曲组成：“亚细亚”“魔笛”和“冷漠的人”。“亚细亚”共 136 小节，属 B 小调奏鸣曲。乐队编制较为庞大，有色彩性打击乐器参与，且色彩对比强烈，主要描述东方长途旅行中一个个中途停靠站、富有异国情调的群岛以及国家和海洋的景象。“魔笛”共33小节，属B小调三部性乐曲。主要由木管和弦乐组成，无打击乐器，着重强调木管即长笛的功能。通过笛声叙述一位东方少女和她的情人的恋情。“冷漠的人”共35小节，属E大调。由木管和弦乐组成，讲述少女用美貌吸引男子，男子动心又离去的场面。整首歌曲的调性呈现三部性特点，主要是由管弦乐队伴奏。1898年，拉威尔还以《舍赫拉查德》为题材，创作了一部舞剧，但只完成了舞剧的序曲部分，并于同年上演。虽然曲调难以重现，但通过克林塞尔的歌词还是可以发现，整个套曲仍然采用了《一千零一夜》的引子部分的故事。歌词中至少应该存在着两个主人公（国王与舍赫拉查德王妃），作品也就围绕着这两个任务不同的心理对比展开想象。王妃为改变国王的看法，而展开想象中的亚细亚之旅。在“亚细亚”中运用了钟琴等色彩性打击乐器。在作品描写到“东方中国”的部分时，它与装饰性乐器一起，营造出一种特殊的异国情调。歌词中出现的许多词汇或者说意象，诸如“亚细亚”“大马士革和波斯的城市”“黑眼睛”“黄皮肤”“波斯、印度，然后是中国”“阿拉伯杯子”“满清官吏”以及“又圆又尖的丝帽”等，与其说是阿拉伯的，不如说是东方的。整体而言，克林塞尔的歌词充满了东方情调。

德国、奥地利艺术歌曲真正成形并开始产生影响，是和18世纪后期、19世纪早期的狂飙运动和浪漫主义文学的产生密不可分的。这一派作家与诗人崇尚感情，要求自由和个性解放，寻求打碎心灵的枷锁，向往理想世界；强调主观感觉与想象的伟大创造力的思想，脱离神学，脱离宗教的羁绊；发扬民族风格，把民族民间素材作为文学创作的源泉与基础。但是带有狂热的、傲慢的、脱离民众的个人主义倾向。这些艺术观对后来的音乐家都产生了很深远的影响。舒伯特的文学鉴赏力与理解力虽然经常受到后人的质疑，但丝毫不妨碍他为缪勒、莫里克、海涅、席勒、歌德等诗人的诗歌插上音乐的翅膀。舒曼对诗歌的选择，更透露出他高雅的文学修养，他的文学趣味是在广泛阅读歌德、让·保尔和拜伦的著作中慢慢积累发展起来的，他进行音乐创作的同时也写诗歌和其他类型的文学作品。与文学家一样写诗的生活经验使舒曼比其他音乐家更容易深入诗人情感敏锐、情绪丰富的世界中。这些都使他的歌曲具有无限的打动人心的力量，虽然这种力量看起来是那么平静，但却能够在质朴的音乐进行中撼动最坚强的心。勃拉姆斯最终使自己能够深入诗人的内心深处，那些对诗作所表现的五体投地的臣服，无疑使得勃拉姆斯的歌曲体现了诗与音乐前所未有的精确而完美的结合。使他的艺术歌曲更有一种虔诚的理性观念。因此，艺术歌曲范式的本质特点，也是德国、奥地利艺术歌曲所传达的基本创作观念，即：不仅仅体现在所采用的歌词大多是文学性较强的诗篇，而更重要的是作曲家要通过自己的文学鉴赏、音乐创造，营造出诗与音乐的完美结合，虽然这里的“完美”在不同的时代有不同的标准，甚至到浪漫主义后期已经发生了很大变化，但作曲家力图将文学性较强的诗篇与音乐创作完美结合的创作初衷是不变的。

六、《一千零一夜》与流行音乐

《一千零一夜》里《脚夫和三个巴格达女人的故事》提到了阿拉伯乐器，如卯隋里铃鼓、伊拉克琵琶、波斯铙钹等乐器。在《一千零一夜》第三卷《伊斯哈格·卯绥里亚和商人的故事》讲到了卯绥里地方有个大音乐家，名叫伊斯哈格·本·易卜拉欣。他外出消遣，碰到一位民间女歌手，并把她带回宫廷，专门为哈里发弹唱。书中甚至还有流行音乐，如《富翁和六个婢女的故事》：也门富翁在那里置下房产地业，干脆把全家都搬到巴格达。他有六个婢女，个个长得月亮般美丽，这六个婢女的肤色、体态各不相同：第一个是白皮肤的，第二个是棕色皮肤的，第三个是大胖子，第四个是小瘦子，第五个是黄色皮肤的，第六个是黑色皮肤的。她们都知书达理，能歌善舞，深受主人的宠爱。一天，主人命仆人备齐丰盛的美味佳肴，把婢女们叫出来，陪他吃喝享乐。他们大吃大喝，尽情享受，一边吃喝一边聊天。主人端着一杯酒，对白皮肤的婢女说："美丽的小姑娘，你唱一曲给我们助助兴吧。"白皮肤的婢女抱起琵琶，抑扬顿挫地边弹边唱：

我的眼睛里时时反映出情人的形影，
他的姓名深深地埋藏在我的五脏里，
怀念他时我身上的筋肉都变成了赤心，
注视他时我皮肤上的汗毛都变成了眼睛。
非难者谴责我："难道你不可以忘掉爱情！"
我回道："不可能的事情怎么能实现？
你请便，别干预我！
因为你把困难的事情看得过于容易。"

主人听了，陶醉其中，洋洋得意地一口喝干杯中酒。他亲自斟满两杯酒，一杯赏给白肤色姑娘，将另一杯端在手中，指着棕色皮肤的姑娘说："你这个娇态十足的铜色脸，你的歌喉非常动人心弦，快唱一曲给我们听！"棕色皮肤的姑娘抱起琵琶，弹唱起来：

我发誓此生只钟情于你，
怀念你的心情至死不渝。
你似一轮皎月高悬天际，
为行者指明方向心不移。

主人听了，连连点头称好，乘兴喝了手中的酒。他又斟满两杯酒，一杯赏给棕肤色姑娘，一杯端在手中，让胖姑娘弹唱一曲。胖姑娘领命，抱起琵琶，边弹边唱道：

我此生只图博得你的欢欣、快慰，
别人的恼恨我一概置之不理。
只要你能显露出一张喜笑颜开的脸面，
帝王的威权我都不放在眼里。
怎样使你称心如意这是我唯一的目的，
因为凡是有几分姿色的人都争相跟你攀亲论戚。

主人听了弹唱，洋洋得意地一口干了杯中酒，继而斟上两杯酒，一杯赏给胖姑娘，一杯端在手中，对瘦姑娘说："你这个下凡的仙女，快唱一曲仙乐给我们听听！"瘦姑娘抱起琵琶，边弹边唱：

从卫道方面说难道我没有为你牺牲的机会？
你固然可以随便把我抛弃，我可无法忍受这种待遇。
我们能否找到一位法官替咱们解决爱情问题？
希望他主持公道判给我应享的权利。

主人听了，得意非常，饮尽杯中酒，又斟满两杯，一杯赏给瘦姑娘，一杯端在手中。然后对黄肤色姑娘说："你这漂亮得犹如白昼里的太阳，快给我们弹唱一曲吧！"黄皮肤姑娘抱起琵琶，边弹边唱道：

每当我出现在情人面前，
他总拿宝剑般锐利的眼光刺中我的心灵。
我的生命掌握在他手里，可是享受不到应有的宠幸，
幸亏安拉主持公道，恢复我的权利。
当初我劝自己断然和他决裂，

然而除他之外我的心却不肯另找其他足以寄情托爱的伴侣。
只有他才是我唯一的希望和目的，
只可恨命运经常在我们之间作祟。

主人听了，点头不止，喝完杯中酒，又斟满两杯，一杯赏给黄皮肤姑娘，另一杯端在手中，对黑肤色姑娘说："你这眼珠子般的黑宝贝呀，现在该你唱给我们听了。"黑皮肤姑娘抱起琵琶，边弹边唱道：

爱情摧毁我的生命，
但愿眼睛慷慨流泪。
在情场中我受尽各种嫌隙，
为爱他我不顾嫉妒者无理攻击。
我一心一意要在蔷薇园里生存下去，
非难者却禁止我欣赏他那玫瑰色的脸面。
随着歌声和琵琶的弹奏，
那里始终轮转着欢乐的酒杯。
从认识后他一直坚守信义，
让我看到空中闪烁、高照的吉星。
然而我无端遭逢弃绝，
什么事件比这个更令人痛心？
他腮颊上泛滥着玫瑰色的红艳，
那是安拉赏赐他的特权、专利。
除安拉外如果膜拜人类为教法所允许，
那我每天必须向他叩拜几回。

《一千零一夜》中《富翁和六个婢女的故事》是阿拔斯王朝时期的流行音乐。六个婢女各自演唱的歌曲以情爱为主，歌词内容含有打情骂俏的艳情与逢场作戏的味道。

莎拉·布莱曼是英国著名的女高音歌手。2003 年她的专辑《Harem》（《一千零一夜》）问世。专辑《Harem》是以中东传说为基底编织而成的一次音乐奇想之旅，她曾说："在《Harem》专辑中，我希望能够营造出一些中东的味道，加强节奏感。"莎拉表示："我对于一些描述阿拉伯景致的电影，像是《阿拉伯之夜》或是《阿拉伯的劳伦斯》等片中所呈现出来的广袤沙漠、无垠空间以及那种平和与充满灵性的感觉十分着迷，这本来是我创作这张新专辑的出发点，但当我沉浸在土耳其以及中东音乐里，尤其是最近中东地区新创作的舞曲之后，我对这张新专辑的整体概念才成形。我希望能够透过音乐表现出影像的感觉，这些音乐与灵感为我搭建出一个可以充分发挥创意的巨幅空间架构。"与专辑同名的单曲"Harem"的歌词如下：

Burning sands 沙似在燃烧，
Winds of desire 风携着渴望。
Mirrored oasis 镜像般的绿洲，
Reflect a burning fire 映现跃动的火苗，
Within my heart unwatered 在我焦渴的心中
Feeding the flame 滋长着烈焰。
Welcoming you to my harem 欢迎你来到我的一千零一夜……
Sing for me 为我吟
A song of life's visage 生命容颜之曲；
Singfor me 为我唱
A tune of love's mirage 爱的蜃景之歌。
Deep desires 深深的渴望，
Sleep untold 无尽的沉睡，
Whispers that echo 低语回荡在

The desert of my soul 我心灵的沙漠上……

I hold your Eastern promise 我把你的东方诺言

Close to my heart 紧贴在心，

Welcoming you to my harem 欢迎你来到我的一千零一夜……

Sing for me 为我吟

A song of life's visage 生命容颜之曲；

Sing for me 为我唱

A tune of love's mirage 爱的蜃景之歌。

Time is change 时光嬗变，

Time's fool is man 时光弄人，

Time will escape 时光逃遁，

The passing sands of time 恍若流沙……

I hold your Eastern promise 我把你的东方诺言

Close to my heart 紧贴在心，

Welcoming you to my harem 欢迎你来到我的一千零一夜……

Harem 的前奏具有阿拉伯音乐风格，悠扬的笛声和节奏明快的手鼓都是阿拉伯的音乐元素。收在专辑中的曲目有：

（1）一千零一夜 Harem

（2）多么美好的世界 What a wonderful world

（3）美好的日子 It's a beautiful day

（4）你从不知道 What you never know

（5）归途 The journey home

（6）自由 Free

（7）神秘的日子 Mysterious days

（8）战争结束了 The war is over

(9) 福音曲 Misere Mei

(10) 美丽 Beautiful

(11) 天方夜谭 Arabian Nights

(12) 天堂里的陌生人 Stranger in paradise

(13) 直到时间的尽头 Until the end of time

(14) 治愈你 Cueri de toi

十四首单曲中，仅 Arabian Nights 与《一千零一夜》相关。Arabian Nights 即阿拉伯之夜，这是西方人对《一千零一夜》的另一种翻译。值得注意的是，整个专辑的名称，没有标注为 Arabian Nights，而用 Harem。这个词本是阿拉伯语，Harem 是阿拉伯语中 hareem 一词的直接音译，表示一个大家族中成群的妻妾，但是它使用的阿拉伯语词根 haram 表示禁止，凡是不符伊斯兰教教规的行为、不洁的食物等都叫 haram，也暗指不许男人进入的女人闺房。莎拉·布莱曼的专辑用这个词汇极具东方主义色彩，某种意义上正是迎合了西方人的口味。英文的 Harem 有两个意思：一是（伊斯兰教徒的）女眷，二是女眷的居室、后宫。用后宫来指代《一千零一夜》，不仅仅因它是故事发生的地点，而且在西方语境中"后宫"几乎是东方的代名词，常常是神秘、荒淫、专制的象征。当然并不说《Harem》中没有阿拉伯的音乐元素。恰恰相反，阿拉伯的音乐元素显而易见。莎拉·布莱曼的《Harem》被翻译成《一千零一夜》，显然有误译之嫌，翻译成"闺房、后宫"似乎更为贴切。

《一千零一夜》从文学到音乐历经几个世纪，其中绝大部分为西方人改编的艺术品，这主要是由于《一千零一夜》在西方世界的传播所致。从更广泛的角度看，《一千零一夜》从文学到音乐还涉及音乐对文学的取用。仅就《一千零一夜》言，就呈现这样的特点：第一，音乐在文学题材上的取用是零星的片段，并不完整。第二，正如标题音乐一样，音乐借用文学，只是把文学当作表达某种异域风情的标签。第三，从音乐的不同类型看，歌剧最接近文学，文学的戏剧性情节，常为歌剧所采用，而且歌剧为了叙事，几乎完整使用文学题材；交响组曲选取文学片段，根据音乐表现需要进行重组和排列；艺术歌曲仅借文学之名，改编的作品完全是虚构和想象的产物。

此外，《一千零一夜》还被改成音乐剧，如法国音乐剧《一千零一夜》；美国潘多斯儿童剧团根据《一千零一夜》中的故事，改编创作了儿童英文奇幻音乐剧《阿拉丁》；中国艺术家将《一千零一夜》的故事改编成大型魔幻音乐剧《阿拉丁神灯》等。

本章参考文献

［1］陈铨：《中德文学研究》，辽宁教育出版社 1997 年版。

［2］［美］亨利·雷马克：《比较文学的定义与功用》，《比较文学研究资料》，北京师范大学出版社 1986 年版。

［3］罗基敏、梅乐恒：《浦契尼的图兰朵》，广西师范大学出版社 2003 年版。

［4］罗小平编著：《音乐与文学》，人民音乐出版社 1995 年版。

［5］［法］皮埃尔·布律内尔、安德烈·米歇尔·卢梭、克罗德·皮舒瓦：《何谓比较文学》，上海社会科学院出版社 1991 年版。

［6］［美］唐纳德·杰·格劳特、克劳德·帕利斯卡：《西方音乐史》，汪启璋等译，人民音乐出版社 1996 年版。

［7］郅溥浩：《神话与现实——〈一千零一夜〉论》，社会科学文献出版社 1997 年版。

［8］［俄］里姆斯基·柯萨科夫：《我的音乐生活》，吴佩华译，新音乐出版社 1953 年版。

第 4 章

《一千零一夜》与影视

一、《一千零一夜》与电影

电影作为一门艺术，为观众提供了赏心悦目的观看与感受方式，提供了观众认为有价值的体验——娱乐、刺激、困惑或陶醉。电影是一种时空艺术，文学是语言的艺术。由默片时代的字幕到有声片时代的对白，由剧本仅供拍摄使用到出现文学剧本，电影一直从文学中广泛吸取营养，从人物塑造、情节结构的安排、细节的描写、叙事的方式，电影都借鉴了文学的经验因而具有了文学的因素。但文学进入电影后，由于受电影的制约，经过消化、融合，已发生了质的变化，而非电影加文学。从文字到影像，从文学文本到影视文本的转换，文学的电影艺术改编成为永远不变的话题。《一千零一夜》的影视艺术改编或许能给相关方面的探讨以某种启发。据陆孝修、陈冬云著的《阿拉伯电影史》一书介绍："1917 年意大利人杜里斯（umberto Dores）

成立意埃电影公司，从阿拉伯或埃及民间故事中改编故事片，第一部《时光的月亮》取材《一千零一夜》。”埃及导演“米兹拉西编导、制作《一千零一夜》（1941）、《阿里巴巴和四十大盗》（1942）”，马格里布的五位导演共同采用《一千零一夜》故事的讲述方式和体裁。从世界范围看，《一千零一夜》被改编成电影最早是在1905年，由乔治·梅耶里执导。从1905年算起，《一千零一夜》从文学到电影的改编约有110年的历史。一百多年以来，由《一千零一夜》改编的电影作品数量庞大，几乎难以计数，其中主要有：

（1）1930年，印度帝国影片公司导演阿德希尔·伊兰尼受到外国有声影片的启发，制作了印度第一部有声影片《阿拉姆·阿拉》。影片题材取自《一千零一夜》，场景瑰丽多彩，穿插了10个歌曲和许多舞蹈场面。

（2）1940年英国导演迈克尔·鲍威尔（Michael Powell）拍摄了电影《月宫宝盒》又名《巴格达窃贼》（The Thief of Bagdad）。

（3）1940年匈牙利电影《一千零一夜》（Gül Baba）。

（4）美国导演约翰·罗林斯执导的电影《阿拉伯之夜》于1942年上映。

（5）1944年美国导演亚瑟·鲁宾执导的电影《阿里巴巴与四十大盗》上映。

（6）1953年德国导演沃尔夫冈·施多德执导的《一千零一夜》（Geschichte vom kleinen Muck，Die）上映。

（7）1954年法国导演雅克·贝克执导的电影《阿里巴巴与四十大盗》上映。

（8）1974年意大利著名导演皮埃尔·保罗·帕索里尼执导的《阿拉伯之夜》，该片为意大利、法国合拍。

（9）1969年日本导演芝山努执导的动画电影《大雄的阿拉伯之夜》（ドラえ，或《一千零一夜》）上映。

（10）1970 年苏联电影《阿里巴巴与四十大盗》。

（11）1974 年英国导演戈登·贺斯勒执导的《辛巴达奇航记》上映。

（12）1979 年英国导演凯文执导的《新天方夜谭》或《飞天神毯》上映。

（13）捷克美术电影导演 K. 捷曼 1981 年的影片《一千零一夜》。

（14）苏联导演塔黑尔·萨比罗夫执导的《山鲁佐德又一夜》（Takhir Sabirov，1987 年上映）。

（15）1990 年法国导演菲利普·德·普劳加（Philippe de Broca）编剧并执导《一千零一夜》上映，该片又名《美女神灯》或《春潮一千夜》。

（16）1996 年香港电影《一千零一夜之梦中人》，由林庆隆导演，梁家辉、吴倩莲主演。

（17）美国导演阿尔佛雷德·伊格瑞（Alfred E. Green）执导的电影《一千零一夜》于 2012 年上映。

（18）美国导演史蒂夫·巴伦执导的电影《阿拉伯之夜》（又名：阿拉丁神灯）2002 年上映。

（19）2003 年，美国导演蒂姆·约翰逊（Tim Johnson），帕提克·吉摩（Patrick Gilmore）执导电影《辛巴达七海传奇》（Sinbad：Legend of the Seven Seas）。

（20）2006 年突尼斯、法国与德国合资拍摄电影《新天方夜谭之失魂王子》，导演是突尼斯作家、画家和小说家 Nacer Khemir，这也是他的第三部长片电影。电影的法语原名是“Bab’Aziz-le Prince Qui Contemplait Son Ame”，英语直译就是“Bab’Aziz-the Prince Who Contemplates His Soul”，是个带着哲学意味的名字。

（21）2009 年印度导演苏乔伊·高什执导的电影《阿拉丁》上演。

（22）2010 年美国导演本·海佛力克（Ben Hayflick）和亚当·塞

尔沃（Adam Silver）推出电影《辛巴达七海传奇》。

（23）2014年美国导演查克·拉塞尔《一千零一夜》；同年，由美国导演马克·彭特克沃执导，意大利名模瓦妮莎·海斯勒主演的法语版电影《一千零一夜》在全球上映。

2014年，华纳兄弟公司买下了编剧新人大卫·威尔（David Weil）90页的《一千零一夜》（The Arabian Nights）剧本大纲，准备将这个家喻户晓的传说故事以现代观众能够接受的方式搬上大银幕，并且打算拍成七部曲。据悉，大卫·威尔的剧本大纲基本保留了这些故事的本来面目，但也注入了现代元素。

2015年法国戛纳电影节，葡萄牙导演米古尔·戈麦斯拍摄的电影《一千零一夜》的完整版总共381分钟，分成三部分："不安之人"（The Restless One）、"凄凉之人"（The Desolate One）与"迷醉之人"（The Enchanted One）。本片在竞赛单元颇受推崇，被归入戛纳电影节"导演双周"单元。在戛纳放映的只是第一部分"不安之人"。起名《一千零一夜》，是用了《天方夜谭》的套层结构，故事里套着故事。有关金融危机题材的电影少得出人意料，在经济日益凋敝的欧洲，鲜有导演拥有勇气触碰这个敏感又不讨市场欢心的题材。想想20世纪30年代，经济大萧条时期诞生的数量壮观的好莱坞喜剧，我们就不难理解，为何越是在一个需要社会承担的时代，电影产业会产生越多的娱乐泡沫。如果对大部分创作者来说，电影是一种一种高级消遣，那么显然戈麦斯并不接受如此肤浅的使命。在《期盼的八月》中，他用抒情的镜头语言叙述种族融合的种种困境，使其名声大噪的《禁忌》则在沉静的黑白影像中，将殖民历史的血泪遗恨抒发殆尽。《一千零一夜》无疑继承了他宝贵的社会关怀，内容直指更具切肤感的葡萄牙社会危机。除却令人望而生畏的长度，《一千零一夜》无疑将成为一部冷门的不朽之作。作为阿拉伯经典民间文学的《天方夜谭》为戈麦斯的当代寓言提供了宽阔而绮丽的庇护所，而导演背负的政治使命则为神话传说增添了属于这个时代的荒诞、愤怒与无助。在《一千零一夜》中，古老传说的旧瓶装新酒不是形式的噱头，更无所谓市场的考量。这个史诗般的标题也许会蒙蔽一部分不明真相的观众，使其误以为自己将要展开一场充满异域风情的时空旅行。那么在开场篇“不安之人”中，戈麦斯对这种几乎基于本能的娱乐诉求棍棒相加。

《一千零一夜 I：不安之人》的开头将观众带入了一个具有自反性的纪录片拍摄现场。新闻纪录片粗粝的影像风格向我们展示了一个经济和文化双重凋敝的葡萄牙社会，曾经辉煌一时的 Viana do Castelo 造船厂的经营危机让数千名工人沉浸在无望之中，一时间工人运动风起云涌。紧张的局势面前，作为导演的戈麦斯突然出现在镜头中，并因为不知所措而落荒而逃。导演突然现身与消失带来的巨大困惑，如同一个阴影投射在不明所以的观众面前，夹杂着混乱、愤怒和无奈，电影画面突然一转，《天方夜谭》中那个著名的女性讲述者山鲁佐德乘坐小艇登场，代替了全知上帝般的导演，将当代葡萄牙故事娓娓道来。在三个分别名为“勃起的男人”“公鸡与火焰”“高尚之泳”的故事中，政客、平民都仿佛生活在一个超现实的国度中。欧洲银行的高官们骑着骆驼在一处风景绝佳的别墅，贪婪地探讨着削减财政开支的策略，海滨村庄的公鸡则用打鸣的方式向人们通报火灾的到来。人们时而和动物对话，时而走进海兽巨大的腹中，时而在烟花中消失，时而又因为喷涂了神奇的仙药而“坚挺不已”。《一千零一夜》中的魔幻现实主义绝不是博取眼球的噱头，戈麦斯眼中崩坏的社会，荒诞即为现实的一种。如果说“勃起的男人”中，当权者需要通过仙术的力量治愈不举是尖酸的明嘲，那么“公鸡与火焰”中那个缩写为“coq”的政党则是有力的暗讽。“高尚之泳”再度召回电影开头部分的纪实手法，在访谈对话中，普通百姓诉说凋敝生活，并最终在一场冬泳中达到了欢腾的气氛。

1935 年，葡萄牙最伟大的诗人费尔南多·佩索阿在小纸片上绝望地写下“我不知道明天将会带来什么”，将近八十年后，米古尔·戈麦斯将这种“和全宇宙一起头痛”的不安与愤怒融进自己的影像之中，他将临阵脱逃的恐惧化作勇气的影像，将荒诞、戏谑铸成刺向时代的匕首。

以上所举难免挂一漏万。好在《一千零一夜》的电影改编仍在继续并且永无休止。究其原因，在于《一千零一夜》是一部充满神奇故事的电影题材库，其中的魔法幻想、异域情调以及独特叙述成为一代又一代的导演热衷改编的不竭动力。下面就以帕索里尼的电影《一千零一夜》和2014年美国导演马克·彭特克沃执导的电影《一千零一夜》为例，进行分析和探讨。

1. 梦境　寻找　性　后宫——帕索里尼的电影《一千零一夜》

皮埃尔·保罗·帕索里尼（Pier Paolo Pasolini）是把世界文学名著改编成电影最多的导演之一，也是一位充满争议的世界级导演。2014年美国独立导演阿贝尔·费拉拉曾以他最后一日的经历为线索，讲述他生前最后的时光所遇到的人、事，拍摄了电影《帕索里尼》。帕索里尼导演的名著改编电影有：《俄狄浦斯王》（Oedipus Rex）1967年；《美狄亚》（Medea）1970年；《十日谈》（The Decameron）1971年；《坎特伯雷故事》（I racconti di Canterbury，The Canterbury Tales）1972年；《一千零一夜》（Il fiore delle mille e una notte，Arabian Nights）1974年；《萨罗》（或索多玛的120天，Salò le/ 120 giornate di Sodoma）1975年，《萨罗》是由性虐待文学先驱萨德的小说《索多玛120天》改编而成。其中尤以“中世纪古典文学三部曲”或“生命三部曲”——包括《十日谈》《坎特伯雷故事》和《一千零一夜》最为有名。

《一千零一夜》（Fiore delle mille e una notte/Thousand and One Nights）是帕索里尼中世纪古典文学三部曲的最后一部，也是充满梦幻的异国情调一部。帕索里尼在也门、厄立特里亚、伊朗和尼泊尔等地广泛取景，摄取了伊斯兰和南亚大量奇风异俗，故事结构运用了多条线索并行和故事中套故事的方法。一开始电影镜头聚焦在阿拉伯女奴集市，女奴苏玛洛自选主人拍卖，选中了阿拉丁并教他享受性爱；不幸的是女奴苏玛洛被劫，辗转又被指定给国王，阿拉丁开始了寻找她的旅程。这时，一名王子与青年相遇，分别讲述了各自的故事、故事中的故事。最后，阿拉丁在一头狮子的引路下与女奴重逢，两人幸福地生活在一起。影片异常多地展现了男性的裸体，同帕索里尼的生活印证，难免不让人认为这是他同性恋倾向的流露。除了异国风光和对性爱欢乐的强调，他还特别表现出对诗歌或文本的迷恋，如全片占第二位的故事，青年背弃订婚的表妹与陌生的美女幽会，表妹聪明且才智过人，替他破解了美女的哑谜，而自己又从经典上挑出诗歌让他一次次向美女背诵，最终抑郁而死。诗歌在一来一往中传递着两个女人钩心斗角的信息，表明了两人对爱情的态度，也在叙事框架中织出一个既有自己的内涵，又与外界相互作用的世界，使影片产生多层次的立体感。

《一千零一夜》与帕索里尼的其他两部生命三部曲相比，电影在形象上发生转变：第一，叙述者形象被删掉。前两部中都出现的帕索里尼本人饰演的叙述者角色消失了，但在阿拉伯原著中明确存在着讲故事者山鲁佐德。这样的改编意味着在基调上从否定走向肯定，他要让观众沉浸进去。第二，主角出现。虽然仍然采用复调式框架结构，但少女苏玛洛和少男阿拉丁的爱情故事贯穿全篇，这两个角色成为不折不扣的主角。第三，人物的面部频繁出现有情感、意志意味的表情。如果说前两部影片是把纯粹欲望暴露给人看的话，《一千零一夜》是把欲望在人的生命存在中所处的位置理想化地展示出来。通过阿拉丁与苏玛洛遇到—丢失—寻找—复得的故事，帕索里尼展示了从性到爱的自然转变。阿拉丁在遇到苏玛洛时仍旧是我们熟悉的带有纯真笑容的少男，经过苏玛洛的性启蒙，他开始懂得了两情相悦。虽然由于贪欲而与苏玛洛离散，并且在寻找的过程中也因本能驱使而屡受诱惑，但却一直没有放弃寻找的行动，因为他明确了自己生存中不能缺少的对象是苏玛洛。结尾他和苏玛洛的重逢在床上完成时，也就完整结束了帕索里尼安排的性—爱—情爱的否定之否定过程。这样的过程传达出帕索里尼的观点：本能欲望是生命的能动因素，人受它的指引可以自自然然地体会到“爱”的真谛。知、情、意、欲，四者本就是一个不可分割的有机整体，哪一个都不能说更高贵、更权威。相反，欲望确实是一种本源性的深层动力，这样，对它的超越只能在不区分高低层次的知、情、意、欲的生命之网中。

电影的场景设在阿拉伯的国度，满眼都是昏黄的景色，四周是无边的沙漠，中心是风化的房屋的墙壁和毫无生气的生活环境。电影的内容拍得略显情色，但绝对勾不起观众的情欲，这种沙漠里的情欲只是以更加坦白的方式来讲述爱情故事。这可能是对宗教的亵渎，但同时也是对禁欲思想的讽刺。电影的情节以两个主人公作为主线，故事里的人们讲着自己的故事，就这样一个故事套着一个故事进行下去。其中最精彩的是一个男人在婚礼那天爱上一个不知名的女人的故事。电影宣扬的是善良和真爱，即使在魔鬼的引导下做了恶事也给予人们改过自新的机会，片中的两个乞丐就是这个例子，那个在婚礼当天见异思迁的人最后也在真爱的引导下知道了自己表妹的良苦用心。那两个绑架奴隶的人也得到了应有的下场。影片最后，男孩在一头狮子的带领下最终见到了自己的奴隶，给这个故事安排了一个完满的结局。

《十日谈》和《坎特伯雷的故事》采用了无限插话式叙事法，而《一千零一夜》则话中有话，事中生事。尽管“生命三部曲”显得有些平铺直叙，但里面的人物却显然与这种叙述方式相悖，甚至在扮演其角色时脱离了自己的角色。就好似组成这个故事的元素与故事本身正好相反，前者踏步前进，后者就会踯躅停留。一般出现在文学、画作、神话和梦境中的“真实”人物与物体诡异地出现在故事中，并反其道而行。此时他们被剥去了虚构的一面，与画作或文学作品中的人物进行视觉对比之后，显得更加不朽而神圣化。妓女像天使，杀人犯像圣人。这两种身份并存：一是确实而赤裸裸的现实，一是梦幻般虚构而神圣的寓意。帕索里尼的作品既非传统也非现代，更不旨在揭露现实，而是一个被现实化的理想世界，一种神圣而备受崇敬的信仰。这部电影是三部曲中最为尖锐、深刻的梦幻之作。通过回归那些原始资料——他使用过很多薄伽丘《十日谈》和乔叟《坎特伯雷故事集》中的故事——帕索里尼再次高调展示出他的诗意倾向：真实的古老和古老的真实。在设计上，《一千零一夜》直逼其他奢华的古代神话电影，如《美狄亚》和《俄狄浦斯王》，但其实际效果和给观众带来的震撼却远远超过这部令人躁动的传奇剧本身。

当代英国最著名的阿拉伯学者、小说家罗伯特·埃尔文认为：帕索里尼的作品是对《一千零一夜》“最明智”“最精彩”的诠释——“帕索里尼版是唯一拍给成人看的版本。”帕索里尼选择《一千零一夜》原著中众多故事的少数几个进行阐述，其中包括《第三个苦行僧的故事》《第三历法的故事》和《珠宝商之子》，主线则是阿拉丁寻找挚爱女奴苏玛洛的故事。和前两部作品不同的是，他去除了滑稽剧元素，所有嘲讽社会的伪装亦被褪去。他几乎摒弃了所有伊斯兰教式意识形态，用电影手段尽情展现柔情和纯真：健壮的伊甸园式情侣在奴隶市场寻欢享乐，恶魔巢穴、花园偷情和国王化妆间。影片张弛有度，就像一位孤独侠士的冒险之旅，而恩尼奥·莫里康优美而简单的音乐主旋律不断重复，毫不突兀，靡丽的乐风更加深了这一印象。

出人意料的是，帕索里尼规避了大多数同性之恋的故事，取而代之的是对无罪的异性之交的庆祝。这种欢愉发生在充满魔法和邪恶精灵、妖怪的国度里——一切都由变幻莫测的神明或命运来决定。帕索里尼曾写过：“在反常中，命运自现。”《一千零一夜》中的每个故事都以这种命运的出现为开端；《一千零一夜》中的每个故事都以这种命运的消失为结尾，回归到令人昏昏欲睡的日常生活中去。所有故事的主人公都是命运本身，命运是联系帕索里尼所有电影的纽带，《一千零一夜》是他对命运最为明确的阐述。但他自己的命运则是另外一回事。这部内涵丰富的欢愉影片是他倒数第二部作品，在他被谋杀前一年得以上映。尼内托·达沃利辨认了帕索里尼的尸体，前者在本片中饰演一位多愁善感的请愿者。帕索里尼认为薄伽丘、乔叟的作品和《一千零一夜》中有他想要表达的原生状态，那些故事讲述的是人类最原始的激情，而不用理会后天思想的束缚。同时他还能挑战自己，重塑那些故事最初的精神内涵。他的根本任务就是保留他选择拍摄的那些人物、地点和物体的自主意识与重要性，而不加入任何个人见解与阐述。他的目标是打造全新形式的写实电影，挣脱一切陈旧观念和教条的束缚，致力于庆祝未进入工业时代的社会中一切活力与原生态。这些旧日影片——掺杂着历史、回忆与神话——显然是有意对当今社会进行批判。随着三部曲的展开，帕索里尼逐渐淡化了自己作为旁述者的角色。在《十日谈》中，他作为画家从街道平民中为自己的壁画选择脸孔与人物，并没有自己的原创；在《坎特伯雷的故事》中，他扮演的乔叟是位冲动的（抑或有强迫症的）编年史家。通过这样的选择和叙事方式，帕索里尼谨慎地保留了自己特有的中立立场。《一千零一夜》的叙事人不是一个而是多个，这部电影以一句箴言为序："单一梦想，不足觅得真相；诸多梦境，真理自可辨清。"确实，电影结构也如同梦境般衔接，很多故事不经停顿或分隔就直接跳到另一个故事，有时甚至相互贯穿（例如在塔吉的故事中，杜尼娅认出那种镶嵌式天花板图样曾出现在她的梦中）。它们相互效仿，相互嘲笑，相互补充。这里涉及的范围可能比前两部作品更广，苏玛洛和阿拉丁这对挚爱恋人的分离是整部电影的主线，同时贯穿着其他纵情声色的故事。而在《十日谈》和《坎特伯雷的故事》结尾，天堂和地狱的场景则旨在效仿两个圣人“传奇般”的故事。如果“生命三部曲”的基本理念是宗教、性欲和魔法，那么这三部影片就分别阐明了这三个理念。在《一千零一夜》中，魔法可谓大行其道。帕索里尼起初设定的拍摄背景跨度很大，从也门至尼泊尔，就为了制造一个五光十、永无止境的花花世界：镶嵌着宝石的恢宏古堡、熠熠生辉的圣殿、集市、沙漠、蜿蜒曲折的小径和远海。但同时为了保持片场的异域情调，他选择在这个时候讲述充满奇幻色彩的传说：成真的预言、神秘的身势语、敏锐的直觉、不祥的征兆、魔法悬浮和变形。真正不可思议的是，本片和前两部影片都自然渗透着传奇色彩。影片感官上的愉悦与帕索里尼孜孜不倦的批判精神友好共存。因此我们不难看出，为何像帕索里尼这样自我意识中潜藏恋母情结的艺术家会去展现苏玛洛的世界：幻想因子与性角色互换的狂想结合起来，体现魔法和性爱纠缠的主旨。不难看出，为何他要选择阐述性别平等的哈伦·拉齐德的故事，来作为影片第一处转折点。但理性推理无法解释这些故事为何如此引人入胜，能令人即刻放松身心，倍感欢愉。人们被爱的行径所迷惑，挑战文明底线，欣赏人类身体。这就是三部曲最伟大的成就：它们成功地展现出人类形形色色的激情，勇敢证明性爱无罪；从形式上看是毫无止境的肉欲狂欢，却毫无淫乱的迹象。即便剔除《一千零一夜》视觉上无与伦比的美感和它所展示的具有创新性的美学标准，它依然是电影史上第一部用欢笑之声湮没淫欲之欢的伟大作品。导演也一反过去两部电影中旁观叙述者的角色，而以正面肯定的方式对性爱民俗和同性恋加以描述，不再用嘲讽的口气蔑视所谓的猥琐而粗俗的性关系，代之以热情洋溢的赞美和歌颂。

2. “寻找”“杂糅”“接力”——2014 年电影《一千零一夜》

2014 年由美国导演马克·彭特克沃执导，意大利名模瓦妮莎·海斯勒主演的法语电影《一千零一夜》在全球上映。这是一部通俗意义上的爱情片，电影类型学上的剧情剧，是根据《一千零一夜》改编的最新电影。影片全长192分钟，基本上是围绕“相遇”—“变化”—“分离”—“寻找”—“团聚”的模式叙述的。除此之外，杂糅的故事、接力式的叙述也成为这部电影的看点。

（1）“寻找”主题

作为爱情片，它讲述了鞋匠儿子阿拉丁和公主谢赫拉莎德的曲折离奇的爱情传奇。其中不乏俗套的剧情，诸如英雄救美、一见钟情、猜谜择婿、王后通奸、宫廷政变、好事多磨、有情人终成眷属以及巧合偶遇等等。影片不厌其烦地讲述鞋匠阿拉丁和公主谢赫拉莎德漫长的寻找之旅。阿拉丁寻找神灯，寻找亲人，寻找财富；谢赫拉莎德寻找阿拉丁，强盗寻找绿宝石，女巫寻找真爱等。影片中人人都在寻找，他们在找寻什么呢？答案不尽相同。从寻找的动机看，谢赫拉莎德寻找失去的爱人；女巫寻找属于自己的男人；植物学家马哈穆德寻找如何让贫瘠土地变得肥沃的方法；预言家阿贝克表面上寻找神灯，实际上在寻找真理；强盗寻找的绿宝石显然在隐喻财富；王后和贾法尔王子寻找的是野心和权利；沙漠中的孩子寻找水源，而对大人寻找神灯漠不关心。不论寻找动机是崇高还是卑下，是理想还是现实，影片人物展现出的是人的本能和欲望、邪恶与善良。影片是通过寻找谈论人性。寻找的象征意义只有一个，即梦想。

（2）“杂糅”故事

影片糅合了多个故事。从原著看，以阿拉丁和谢赫拉莎德的故事为中心，取用了《一千零一夜》的故事框架，即国王山鲁亚尔和山鲁佐德的故事、阿拉丁和神灯的故事、魔戒的故事、修鞋匠马尔鲁夫的故事、阿里巴巴与四十大盗的变异故事——强盗和酒吧女郎贾思敏的爱情故事等。《一千零一夜》中最著名的故事几乎全用到了电影里。

另外，电影还借用了图兰朵出谜语择婿的故事，强盗的厨师父亲的故事，女巫娜姆娜用戒指将人变成鹦鹉、猪和乌鸦的故事等。从结构看，整部电影经拼接剪辑形成故事群，犹如一棵生长故事之树，阿拉丁和谢赫拉莎德的故事为树的主干，既有原来的故事树枝，如阿拉丁和神灯，又有嫁接而来的新故事树枝，如图兰朵的故事。影片糅合多个故事的方式与原著《一千零一夜》是相似的，除了老人物演绎新故事，新人物也在讲新故事。可见，本片在对原著故事的选择上，取用、借鉴与创造并举。在保留原著的大框架不变的情况下，导演有意识突破限制，基本上讲述了一个现代人的梦境与奇遇。

（3）“接力”叙述

电影《一千零一夜》的叙事方式与原著如出一辙。成为国王的阿拉丁憎恨女人，要杀掉前来寻找自己的谢赫拉莎德，谢赫拉莎德用拖延时间的办法给阿拉丁讲故事，总共讲了四个夜晚。相比之下，原著讲述时间则要长得多，是一千零一夜。电影中的阿拉丁和谢赫拉莎德成了原著中山鲁亚尔和山鲁佐德的化身。在这种原有叙述框架不变的情况下，主要的叙述者是谢赫拉莎德，是她把自己选婿后的逃亡生活讲述给阿拉丁。逃亡被救后与一伙强盗相遇，认识酒吧女郎贾思敏，贾思敏接过谢赫拉莎德的“接力棒”讲述了自己的遭遇。强盗头子接替贾思敏的叙述，也讲述了自己父亲的故事：一个厨师遭到了诬陷，并因小偷的罪名而被砍掉了手，最终他跳海自杀。女演员瓦妮莎·海斯勒就成了现代版的山鲁佐德。只不过她讲故事的目的不是为了拖延时间，也不是为了拯救天下女子，而是帮助阿拉丁恢复意识与记忆，回到从前与过去，尽快与自己相认相识，再续前缘。结果，一切都如料想的那样：谢赫拉莎德讲的故事产生了神奇功效，病得不轻的阿拉丁身上的魔法解除了，犹如大病初愈，幡然醒悟。他们两人如愿以偿，最终步入了婚姻殿堂，结局圆满。

不论是帕索里尼导演的电影《一千零一夜》，还是马克·彭特克沃执导的法语电影《一千零一夜》，电影改编都是导演自己对文学原著的重新解读、解构和演绎。

二、《一千零一夜》与电视剧

电视剧是一种专为在电视上播映的演剧形式。它兼容电影、戏剧、文学、音乐、舞蹈、绘画、造型艺术等诸元素，是一种适应电视广播特点、融合舞台和电影艺术的表现方法而形成的艺术样式。电视剧通常以系列形式播出，故又称电视连续剧。关于《一千零一夜》的电视剧改编在时间上要晚于电影改编。粗略统计，将《一千零一夜》改编成电视剧的且较为著名的主要有以下几部：

（1）1984 年阿拉伯国家根据《一千零一夜》改编的同名电视连续剧开拍，这部连续剧的导演是伊拉克导演法塞尔·法西尔和阿尔及利亚导演阿卜杜·阿齐兹。剧本是由阿尔及利亚著名文学家拉希德·布西戴拉改编的。导演们希望拍摄的电视剧既是一部历史剧，又是一部艺术片。

（2）1997 年《辛巴达历险记》是亚特兰蒂斯联盟家庭娱乐公司加拿大一区的电视剧，美国导演尼尔·威廉森（Neil Williamson）选取《一千零一夜》中的神话故事，在 2003 年拍成动画片。

（3）2003 年美国导演帕特里克·吉尔默和蒂姆·约翰逊拍摄了电视剧《辛巴达航海记》第一季。

（4）泰国有 141 集的电视连续剧《一千零一夜》，具体播出时间不详。

（5）2012 年，英国导演安迪·威尔逊（Andy Wilson）和布莱恩·格兰特（Brian Grant）拍摄了电视连续剧《辛巴达历险记》，它是英国天空电视一台（Sky1）、BBC 环球和澳大利亚九频道投入巨资联手打造的一部魔幻冒险剧，共 12 集。该剧取材自阿拉伯神话故事《辛巴达七海历险记》。刚刚从戏剧学院毕业的银屏新人 Elliot Knight 在该剧中扮演标题人物辛巴达——一个勇猛、果断、无畏且充满个人魅力的阿拉伯水手。Naveen Andrews 则在剧中扮演辛巴达的死敌阿克巴大人。该剧主要在阳光明媚的地中海岛国马耳他取景，实景与虚景融合得非常完美。辛巴达及其船员在船上的场景主要在摄影棚中摄制，剧组设立了一个巨大的水箱，然后建造了一个可自由转动和移动的等比例“船体”。该剧被划分为“家庭剧集”，没有特别暴力或特别恶心的镜头，更不可能有色情镜头。事实上该剧和《梅林传奇》相似，有一点轻喜剧的味道。

（6）2012 年新疆卡尔罗公司制作大型动漫连续剧《一千零一夜》。该剧有伊朗方面的部分投资，将制作 104 集，每集 20 分钟，剧本由伊朗提供，中方是纯技术性的投资。

三、《一千零一夜》与动画片

西方的各种根据《一千零一夜》改编而成的影视艺术作品，仅以名称而言，大部分都叫《一千零一夜》或者《阿拉伯之夜》，也有相当数量的作品名为《阿拉丁》《阿里巴巴》或《辛巴达》。可见，原著中最著名的、在西方或全世界流传最广的是与阿拉丁、阿里巴巴和辛巴达相关的故事。某种程度上，这三个人物代替了《一千零一夜》。但是，在《一千零一夜》最古老的版本中却没有这三个故事，这是《一千零一夜》研究者早已熟知的事。通过对阿拉丁这个人物的探源，就可以看出西方影视改编的话语逻辑。在英国，阿拉丁的故事最初出现在 1704—1714 年，并于 1788 年由约翰·欧奇非搬上伦敦皇家剧院的舞台。阿拉丁的故事两百多年来一直是哑剧的热门主题。传统的阿拉丁哑剧是著名哑剧角色“团琪寡妇”（阿拉丁的母亲）的取材来源。阿拉丁的哑剧版本的场景设定和剧情都尽量融入中国元素（虽然这个“中国”的场景是伦敦东区，而非中世纪的巴格达）。山迪·威尔森的音乐剧《阿拉丁》是1979年以来颇负盛名的“阿拉丁哑剧”。自从20世纪90年代初期以来，英国圣诞节的童话剧都深受迪士尼动画的影响。例如，2007/2008年伯明翰版本的阿拉丁由约翰·巴罗曼主演，并套用了许多迪士尼动画《阿拉丁》和《花木兰》里的配乐。阿拉丁数度被改编成动画，包括《阿拉丁和他的神奇神灯》，还有1939年制作的《大力水手》。1962年华特迪士尼公司的意大利分公司发行了《唐老鸭和阿拉丁的洞穴》，由奥斯瓦多·帕维瑟编剧，皮尔·劳伦佐绘制。片中的史高治·麦克老鸭带领唐老鸭和他的外甥杜儿、路儿和辉儿前往寻找阿拉丁的宝藏，后来遇见了中东版的米格鲁男孩。史高治说阿拉丁是一个土匪，以神灯的传说掩饰它非法获得的不当利益。它们发现了阿拉丁的洞穴，洞口被巨石堵住，必须以各种版本的“芝麻开门”暗语开启。故事进行到这里又牵扯上了《阿里巴巴与四十大盗》的故事。

德国女导演、剪纸动画片先驱洛特·雷妮格执导的动画片《阿基米德王子历险记》是电影史上最早的动画长片，这部剪纸动画取材于《一千零一夜》，用许多富含想象和诗意的画面讲述了正邪之间斗争的故事，甚至连为人熟知的阿拉丁和神灯的故事也被纳入主要情节。在1923年到1926年间，该电影共在动画台上拍摄了约25万幅照片，其中约9.6万幅最终得到采用。洛特·雷妮格用剪刀在黑色的硬纸板上剪出了第一批事先设计好的人物造型，并将它们的四肢用细线连接起来，以便在拍摄时加以控制。透明的包装油纸被她用来当作背景，她用剪刀在上面剪出了许多艺术性极高的风景、城市和极具东方情调的室内装饰。影片的配乐由沃尔夫冈·蔡勒与洛特·雷妮格合作完成。动画片《阿基米德王子历险记》借用了《一千零一夜》中的阿拉丁与神灯的故事、乌木马的故事、巴士拉银匠哈桑的故事以及卡玛尔·宰曼王子和白都伦公主的故事等，这些故事杂糅在一起，通过阿基米德王子的历险而串联起来。整部卡通片分成五个部分，其中第四个部分是中国冒险，里面运用了许多中国元素如中国建筑、灯笼、编钟、花轿等。由于技术限制，卡通人物的动作不够灵活自如，但剪纸剪影式的表演与中国传统的皮影戏如出一辙，别有一番风味。

1966 年，苏联电影《阿拉丁的魔法神灯》（Volshebnaia Lampa Aladdina）发行。1982 年，媒体家庭娱乐公司发行《阿拉丁与神奇神灯》（Aladdin and the Wonderful Lamp）。人们最熟知的阿拉丁故事是 1992 年华特迪士尼动画制作公司制作的动画电影《阿拉丁》。在这个版本中，许多角色原本的名字都被重新命名（例如魔法师被重新命名为“贾方”，并成为朝中大臣），角色拥有新的戏中目标（例如神灯精灵渴望自由）或被取代（戒指精灵消失，取而代之的是魔毯）。故事场景从中国移到虚构的阿拉伯城市阿格拉巴（Agrabah），而且故事结构也简化了。小百老汇公司发行了《小阿拉丁》（Aladdin Junior），是以音乐和迪士尼动画的剧本为基础的儿童音乐剧。阿拉丁在卢德·曼尼三德斯所著的《巫师之书》（A Book of Wizards）和《魔法的抉择》（A Choice of Magic）等故事书中也有出现。20 世纪 60 年代，印度宝莱坞发行了电影《阿拉丁与辛巴达》，这部电影并不严格忠于原著，片中两位英雄不但互相碰面还一同冒险。片中的神灯“精灵”是女性的，最后阿拉丁还娶了她，而不是娶了公主（公主因阿拉丁的缘故而成为会死的凡人）。1969 年日本制作了动画片《一千零一夜物语》。

动画片《阿拉丁》（Aladdin）是迪士尼公司的第 31 部经典动画，改编自《一千零一夜》，于 1992 年 11 月 25 日在美国首映，片长约 90

分钟。《阿拉丁》属于迪士尼复兴时代（1989—1999）的作品之一。这部电影的导演是罗恩·克莱门茨（Ron Clements）和约翰·马斯克（John Musker），选用的是《一千零一夜》中的“阿拉丁与神灯的故事”。

动画片中叙述了少年阿拉丁的冒险故事。茱莉公主住在宏伟的王宫中，她每天都憧憬着皇宫外面的生活。一天，在老虎乐雅的帮助下她翻出了宫墙。在集市上，她遇到了善良、勇敢的阿拉丁。可是，坏宰相贾方却派手下把阿拉丁抓走了。原来贾方想让阿拉丁去洞里帮他拿一盏神灯，因为只有善良、诚实、勇敢的人才能进去。阿拉丁拿到神灯后，无意间擦出了灯中的精灵，这个精灵可以满足神灯主人三个愿望。但是，贾方把自己变成了国王，把国王和茱莉公主都关了起来，而且把阿拉丁放逐到了野外。于是，聪明、勇敢的阿拉丁下决心要打败贾方，救出公主。他得知贾方想拥有至高无上的权利，于是献给贾方一条妙计——许愿变成最强的精灵。可是，当贾方变成最强的精灵时，却一下子被吸进了神灯——原来阿拉丁知道精灵虽然拥有至高无上的权利，但同时也会失去自由。终于，阿拉丁救出了茱莉公主和苏丹，他们从此幸福地生活在了一起。阿拉丁在宠物猴阿布及通灵魔毯的帮助下，与邪恶的巫师贾方展开一场对决，阿拉丁面临第三个愿望的抉择，是要继续假扮王子以追求茱莉公主，还是要信守承诺还精灵以自由呢？动画片《阿拉丁》的结尾，贾方也不同于格林童话原来的结局那样和茱莉公主一起逃亡成为英雄。“算了吧，忘掉它。这是阿加巴。”于是，他们就幸福地永远在一起。片中由罗宾·威廉姆（Robin Williams）配音的精灵是最抢眼的人物，在片中模仿许多美国的明星、政要，实在令人捧腹。片中利用计算机做出神奇洞穴一景，给人视觉上的震撼。本片推出虽然大受欢迎，但却遭到伊斯兰宗教组织的强烈抗议，因为在“Arabian Nights”的歌词中把他们说成一群“不喜欢你就砍你耳朵”的民族，后来迪士尼在发行录像带时，就把这段歌词换掉了，把原声带和录像带这首歌的此部分比较来听即可发现。制作人乔恩·康韦这样介绍："《阿拉丁》涵盖了你所能想象的一切剧场体验，情节、音乐、魔术、特效和喜剧，它是一个少有的适合全家人及各个年龄段的剧目。"这部电影的配音演员包括了史考特·温格、强纳森·费曼、罗宾·威廉斯、琳达·拉金、弗兰克·维尔克、吉伯特·加德弗莱以及道格拉斯·希尔等人。据说，曾经一种与动画片《阿拉丁神灯》里人物所穿的尖头鞋相似的尖头靴子，成为墨西哥东北部地区酒吧里的最新潮流装备。

作词家霍华·爱许曼（Howard Ashman）首先提出了有关这部电影的想法，而剧本必须先通过三次草案审核才能经由当时迪士尼的总经理杰佛瑞·凯森柏格准许开始制作。参与这部电影的动画家的设计正是基于讽刺画家艾尔·贺希费尔德（Al Hirschfeld）的作品，而在这部电影中，电脑则被用来处理颜色以及制作一些动画的元素。另外，这部电影的配乐则是由亚伦·孟肯谱写，其中六首是有歌词的，而其作词家除了亚伦本人以外还有蒂姆·赖斯。他们两人则是因为霍华·爱许曼在电影的制作期间逝世，所以才来接替他的工作。《阿拉丁》也是 1992 年最成功的电影，在美国获得了约 2.17 亿美元的票房收入，全世界票房则达到了五亿多美元。这部电影同时也获得了许多的奖项，大多数都是因为其原声带中的音乐。《阿拉丁》的成功使得之后延伸出了许多的产品，包括两部以录像带首映方式发行的电影：《贾方复仇记》和《阿拉丁和大盗之王》，并推出一系列阿拉丁的动画片、玩具、电子游戏以及多种和电影相关的产品。1994 年迪士尼将经典动画《阿拉丁》改编为电视剧集推出，播出前为了帮剧集造势，迪士尼电视动画部门制作了一部直接以录影带形式发行的《贾方复仇记》（The Return of Jafar），影片的制作成本少，反响却很大。《贾方复仇记》的剧情接续《阿拉丁》，叙述巫师贾方挣脱神灯的桎梏后，展开了针对阿拉丁的复仇计划，不过在电影里他那只烦人的鹦鹉 Iago 已经改邪归正了。在本片里Iago出尽了风头，最后阿拉丁在Iago的帮忙下才得以打败贾方。在《贾方复仇记》推出之后，迪士尼的《阿拉丁》系列继续推出电视剧集，剧集播出完毕后，又推出了《阿拉丁和大盗之王》。在阿拉丁与茱莉公主即将举行世纪婚礼之际，不料遭到了“四十大盗”的捣乱，阿拉丁意外得知自己的父亲原来还活在世上，于是他暂别了公主，展开了他的寻父之旅，没想到他后来却发现父亲卡西姆（Cassim）竟然是“四十大盗”的首领，阿拉丁要如何面对这位在他幼年就抛妻弃子并害他成为街头小混混的父亲呢？卡西姆一生追求的“米达斯黄金手”又藏着什么秘密？面对苏丹王的缉捕令，阿拉丁在亲情与爱情之间要如何抉择呢？剧情精彩多变，迪士尼《阿拉丁》系列到这里才宣告结束。除了《阿拉丁》电影的旋律重现之外，新作音乐部分由马克维特（Mark Watters）和卡尔·詹森（Carl Johnson）负责，片中的歌曲则由大卫·福瑞德蒙（David Friedman）和凯文·奎恩（Kevin Quinn）负责，大卫·福瑞德蒙、瑞德·皮特森（Randy Petersen）负责作词。《阿拉丁》《贾方复仇记》与《阿拉丁和大盗之王》合称“阿拉丁三部曲”。

动画或者卡通是一种综合性的艺术门类，它集合了绘画、漫画、电影、数字媒体、摄影、音乐、文学等艺术表现形式。它是由许多帧静止的画面以一定的速度（如每秒16张）连续播放时，肉眼因视觉残像产生错觉，而误以为画面活动的作品。动画片的制作流程一般为：绘制成故事版动画，反映出人物的基本表情、姿势、场景位置等信息；然后通过建设模型（如建筑、植物等）来布景；按照故事版制作三维场景的Layout，即布局；动画师按照布景和Layout中设计好的镜头来制作布局动画（Blocking Animation），再根据布局动画进一步制作动画细节；加上挤压拉伸、跟随、重叠、次要动作等（如说话时的口型）；制作动力学相关的一些东西，譬如毛发、衣服布料等；通过材质贴图，人物和背景就有了颜色；接下来运用特效来制作火、烟雾、水流等效果；放置虚拟光源来模拟自然界中的光；渲染是三维动画视频制作的最后一步，渲染计算机中繁杂的数据并输出，加上后期制作（添加音频等）。这样才形成一部可以用于放映的影片，因为之前几步的效果都需要经过渲染才能表现出来（制作过程中受到硬件限制，不能实时显示高质量的图像）。因此，人物夸张、精美、可爱的造型，成为卡通片成败的关键。以《阿拉丁》为例，片中的阿拉丁和茉莉可爱而不失天真，机灵而不失成熟，给观众留下了深刻的印象。从题材看，《阿拉丁》借鉴了原著，但又添加许多新的形象、元素和细节，如每个人物都有一个宠物，伴随阿拉丁的是猴子阿布以及后来的神灯精灵，茉莉公主有老虎乐雅，贾方的宠物则是鹦鹉 Iago。这些常伴动画人物身边的宠物是迪士尼的动画片人物的标配，也是对原著的拓展和创新。从动画片《阿拉丁》表现的主题看，它既是阿拉丁的成长史，又是阿拉丁寻找自我的精神历程；既表现正义与邪恶的殊死较量，又表现个人奋斗的美国梦；既体现真、善、美，又鄙视假、丑、恶。同时折射了东西方文化不同的价值取向。阿拉丁由一个街头浪子变为一个王子，是靠神灯的魔力实现的，但最终凭借着善良、勇敢、智慧的奋斗精神赢得了爱情。动画片似乎在宣示：一个人无论出身如何，地位如何，肤色如何，只要奋斗就会成功。这是人人皆知的美国梦。与其说是动画片，还不如说是励志片。贯穿“阿拉丁三部曲”的主题音乐——崭新的世界（A Whole New World），告诉人们什么样的世界才是崭新的世界。老套模式化的爱情告诉观众拥抱爱情就拥有新世界，神灯精灵的解放意味着获得自由就是新世界。

作为综合运用音乐、舞蹈、魔术以及数字合成技术与艺术的动画片《阿拉丁》，在艺术表现力上可圈可点。比如，不同地域的空间场景：中国宫殿代表中国，阿拉伯伊斯兰建筑表现阿拉伯世界，各种宠物象征着广袤的亚洲等。在审美观念上，崇高与滑稽、美与丑交相辉映，产生喜剧式的幽默感。夸张、魔幻与杂糅的手法，使得《阿拉丁》成为一场视觉盛宴。此外在音乐运用上独具匠心，如三部曲都用一种音乐旋律串联，即背景音乐（Background Music），每一部动画片至少有五首单曲。如动画片《阿拉丁》配乐、作曲是阿兰孟克（Alan Menken），作词是霍华德·阿什曼（Howard Ashman）和提姆·瑞斯（Tim Rice）。本片也是霍华德·阿什曼的遗作，未完成的部分由迪士尼请来的音乐剧大师提姆·瑞斯完成。动画片《阿拉丁》中共有五首歌曲，开始部分使用了手鼓和铃，在手鼓的敲击下，铃的声音有规律地出现，这样的音色组合使人极易联想起沙漠中行走的骆驼，从而交代了故事发生的地点。片尾主题曲“A Whole New World”由 Peabo Bryson 与 Regina Bell 演唱。这首男女声重唱的歌曲充满浪漫神奇色彩，两位演唱者在和声部分的表现可谓珠联璧合，相得益彰。

总之，“阿拉丁三部曲”是迪士尼公司动画片的大制作、大手笔，是在传统题材上的再创作，是艺术与高科技技术的完美融合，是故事性与可视性俱佳的杰作。

此外，20 世纪 60 年代末，日本动画开始向不同故事题材发展，日本动画家手冢治虫（てづか おさむ，1928—1989）开始制作为成人而设的动画电影，包括大量性刺激和艺术题材的动画。手冢治虫成人动画三部曲包括：1969 年《千夜一夜物语》，1970 年《埃及艳后》和 1973 年《哀伤的贝拉透娜》。所谓的“成人动画”在当时被定位为有性描写的存在，三部作品中描写性的画面充满了文艺抽象的绘画气息，充分体现着手冢治虫丰富的想象力。《千夜一夜物语》为第一部。手冢治虫成人动画三部曲成就了日本动画长片的第一次巅峰。

手冢治虫选择这个国际化的题材，选用《一千零一夜》的故事，《千夜一夜物语》古怪、大胆，不乏性与暴力的书写，却用日本的传统观念加以整形变身，使得《千夜一夜物语》故事的视觉表述独树一帜。故事素材基本取自《一千零一夜》，但也有少量情节与《圣经》暗合，如巴别塔。《千夜一夜物语》讲述了在巴格达城中卖水的青年阿拉丁迷上了美丽的女奴隶米丽安，可是身无分文、无权无势的阿拉丁根本不是治安官之子哈瓦拉昆的对手。幸亏一场龙卷风突如其来，阿拉丁趁乱带走米丽安，并与其度过激情一夜。好景不长，觊觎王位的巴多利指示四十大盗捉住阿拉丁，并将其投入监狱；米丽安则被送到哈瓦拉昆的府中，伤心的米丽安生下孩子后郁郁而终。阿拉丁借助看守长的帮助成功越狱，在得知爱人死去的消息后，他开始追踪仇人巴多利，也由此开始了一段充满惊险和刺激的奇幻之旅。

1998 年 3 月在洛杉矶上映了日本动漫家天野喜孝编导的音乐会动画《Filmharmonic—1001 Night》，该片以天野画集《一千夜一夜物语·葡萄姬》为主体。剧本来自一千零一夜中的故事：《卡玛尔·宰曼王子和白都伦公主》，有关波斯王子与中国公主的贵族爱情故事。该片放映的时候正是美国受 FF 系列影响而掀起“天野热”的时段。《Filmharmonic—1001 Night》这部作品也是由天野的图稿影像为主体，配合古典音乐搭配而成，其中特别有以天野的风格而制作的 3D 电脑绘图影像部分，这是前作《天野喜孝——华丽之幻想美的世界》所没有的。《Filmharmonic—1001 Night》这部艺术性影音动画全片仅 23 分钟，但是制作时却动用了 120 名工作人员，经过 6 个月的时间才完成，而影片的古典配乐部分则是“Filmharmonic 交响乐团”完成的，片名中的“Filmharmonic”一词就是洛杉矶费尔合声交响乐团的意思。另外，片名中的“1001 Night”则与阿拉伯的《一千零一夜》有着密切的关系。该片的音乐由作曲家迪比特·纽曼作曲。《Filmharmonic—1001 Night》播映后又于 1999 年春天在日本各大剧场上演，在日本国内引起了空前的反响。

四、《一千零一夜》与纪录片

2010 年英国广播公司拍摄了纪录片《一千零一夜的秘密》。纪录片中的主持人理查德·伊·格兰特通过镜头带领观众寻找发现《一千零一夜》的秘密。这是一次以《一千零一夜》的传播路线为线索的旅行：从撒哈拉沙漠到埃及开罗，从开罗到巴黎，从巴黎到伦敦，再返回开罗。整个旅程考察了《一千零一夜》的诞生地神秘的阿拉伯世界，以及法国东方学家安托万·加朗保存在法国国家图书馆的珍贵手稿，还有英国最早的各种译本。纪录片穿越历史与现实，试图还原《一千零一夜》中中世纪阿拉伯的风情。

纪录片《一千零一夜的秘密》是一次寻访之旅。主持人采访了众多的人物，这些受访者既有学者，又有演员，既有作家，又有手工挂毯商人。如英国历史文化学家玛丽亚·华纳、英国埃克塞特大学教授罗伯特·麦克、英国皇家剧院演员保罗·奥尔格兰迪、英国皇家莎士比亚剧团印度裔演员阿伊莎·多卡、法国国家图书馆馆长、法国女作家玛格丽特·席瓦尔、埃及文学杂志编辑贾马尔·艾尔·吉塔尼、埃及阿拉伯文学研究会教授莫娜·米克海尔、阿拉伯文学教授萨娅·莫赫兹等。寻访的目的是为了回答一个问题：《一千零一夜》是一本什么样的书？关于这个问题，纪录片中的众多学者有不同的回答。如《一千零一夜》是一本关于愿望的书；《一千零一夜》是一本自我拯救的书；《一千零一夜》是一本充满变形和幻想的文学史诗；《一千零一夜》是一本关于满足娱乐、魔法、希望和好奇心的书；《一千零一夜》是一本充满智慧，何时何地都有普遍意义的书；《一千零一夜》是一部充满性欲、通奸和背叛的书；《一千零一夜》是一部道德败坏的读物；《一千零一夜》是一部色情的书；《一千零一夜》是一部西方窥视阿拉伯世界的书；《一千零一夜》是一部充满多元文化的书等。纪录片中展现不同学者的观点，可以看出主持人所持的立场，也就是一种西方的立场：《一千零一夜》充满了多元文化。纪录片为了证明这一点，不厌其烦地讲述了《一千零一夜》原作中的故事——《裁缝的故事》，关于伊斯兰教徒、基督教徒和犹太教徒如何互相拯救及和睦相处的故事。

纪录片讲述了《一千零一夜》的传播过程，认为它是全球运输系统的一部分，是商人和旅行家把它从印度、波斯带到了开罗、巴格达和大马士革。传播《一千零一夜》的黄金通道就是古代的丝绸之路。因为书中特别强调了商人和贸易。商人的故事的确在《一千零一夜》中占较大的篇幅。无论是商贸还是旅行，漫长的行程，浩瀚的沙漠，讲故事成为一种消磨时间的方式。法国人安托万·加朗本想从阿拉伯世界寻找基督教手稿，却被听到的故事所吸引，于是他把这些故事翻译成了法文，其中既有阿拉伯文稿的翻译，又包含加朗本人的创作。可以说在某种意义上，正是安托万·加朗成就了《一千零一夜》，他的翻译和创作使得《一千零一夜》传遍西方世界。当然，传播也有赖于西方世界读者强烈的好奇心和难以抑制的窥视欲，也与整个18世纪在西方兴起的“东方热”有很大的关系。西方人对《一千零一夜》的热爱，也表现在生活细节上，如穿阿拉伯长袍、拖鞋等。这种热情一直持续，从18世纪到现在，英国皇家剧院一直上演舞台剧《阿拉丁》。

纪录片《一千零一夜》讲述线索清晰，结构完整。主持人随着空间的变化，重构《一千零一夜》的历史和他的本来面目。为了达到真实，纪录片拍摄了开罗老街繁忙的集市、为旅游观光而重建的阿拉伯王宫、加朗的手稿，以及各种与《一千零一夜》相关的绘画。通过各种手段试图还原一个真实的《一千零一夜》。此外，纪录片衔接紧密，如空间由巴黎转到开罗时，是由一个问题的展开——色情问题。纪录片通过朗读画外音也在追求真实的艺术效果，纪录片开头是山鲁亚尔和山鲁佐德的故事的朗读，结尾是辛巴达故事的朗读，中间还有其他故事的插入朗读，整个纪录片构思精巧，镜头选取充满异国情调，是一部可视性与学术性巧妙融合纪实精品。

纪录片除《一千零一夜的秘密》外，还有突尼斯东方学专家纳瑟·柯米尔拍摄的艺术纪录片《山鲁佐德，抵御死亡的话语》。

五、《一千零一夜》与广告片

《一千零一夜》不仅被艺术家改编，而且还用于商品推销广告。二战之前娇兰公司曾推出过一系列香水，其中就有以歌剧《图兰朵》中的一个角色命名的“柳儿”。此外，娇兰香水的一千零一夜系列推出了一款新香水，它是作为对1925年首次上市的经典东方香味的娇兰一千零一夜香水的新诠释。娇兰一千零一夜香水的广告大片《一千零一夜传说》拍摄于2013年，该片由广告大导演 Bruno Aveillan 执导。其设计灵感源自400年前的印度北部，国王 Shah Jahan 为爱妃 Mumtaz Mahal 建造了一系列美丽的爱之神殿，诉说着国王对宠姬的爱，尽管他们已随着岁月消逝，但浪漫的爱情故事却不断被传颂。该广告片主角是俄罗斯著名模特 Natalia Vodianova。香水设计大师 Jacques Guerlain 在这个美丽传说中，找到了他的灵感，创造出一千零一夜，于是这瓶诞生于爱情之中的香水，有着十分神秘的东方气息。

娇兰香水《一千零一夜》广告片取材古老的爱情神话，叙述穿越时空，从古代印度闻香器具到现代精致的玻璃香水，一个青年男子与一位年轻女性心灵感应式相遇，再彼此分离，似乎在演绎着一个凄美的爱情传奇。整个广告片气势宏伟，画面唯美，虽说只是部广告片，却可以与艺术片相媲美，可以称得上是广告艺术大片。此外，《一千零一夜》与香水有某种不解之缘，后宫、女性、夜晚等都是香水点燃激情的必要元素。

总之，对于各类形式的影视艺术而言，文学的题材与主旨有助于它们的艺术表现，但这些题材与主旨本身只不过是原料而已。对于《一千零一夜》的影视改编而言，原著也只是一种原料或由头。不论在内容上还是传播方式上，《一千零一夜》的影视改编更追求符合现代人的口味和时代的潮流。

第 5 章 《一千零一夜》与舞蹈

舞蹈是在三度空间中以身体语言作为心智交流现象的人体的运动表达艺术，一般有音乐伴奏，以有节奏的动作为主要表现手段的艺术形式。它一般借助音乐，也借助其他道具。舞蹈本身有多元的社会意义及作用，包括运动、社交、求偶、祭祀、礼仪等。

一、名为《一千零一夜》的芭蕾舞或舞剧

芭蕾是一种欧洲古典舞蹈，由意大利语 ballet 一词音译而来，源于古拉丁语 ballo。最初，这个词只表示跳舞或当众表演舞蹈，并不具有剧场演出的含义。芭蕾作为一门舞台艺术，孕育于文艺复兴时期意大利盛大的宴饮娱乐活动，17 世纪形成于法国宫廷，这种宫廷芭蕾实际上是在一个统一的主题下，具有松散结构的舞蹈、歌唱、音乐、朗诵和戏剧的综合表演。由专业的舞蹈教师设计，国王和贵族担任演员，女角也由男子扮演，表演场地在皇宫大厅中央，观众则围绕在大厅周

围观看。演员面覆皮制面具以标识不同角色，故又称假面芭蕾。芭蕾最初是欧洲的一种群众自娱或广场表演的舞蹈，在发展进程中形成了严格的规范和解构形式，其主要特征是女演员要穿上特制的足尖鞋，立起脚尖起舞。芭蕾舞用音乐、舞蹈手法来表演戏剧情节。到19世纪末期，俄罗斯进入最繁荣的时代。芭蕾经过了近四百年的成长历程，对世界各国影响很大，传布极广，至今已成为世界各国都有的一种艺术形式了。芭蕾结构形式有：独舞、双人舞、三人舞、四人舞、群舞等，编导综合运用古典舞、性格舞（舞台化的民族舞蹈和民间舞蹈）、现代舞等舞蹈形式。芭蕾舞剧是综合音乐、美术、舞蹈于同一舞台空间的戏剧艺术形式。芭蕾舞从一种在露天广场表演充满了乡土气息的民间舞蹈，经过宫廷职业舞蹈家的提炼加工，在高度程式化之后，演变为一种洋溢着贵族气派的剧场舞蹈。早在1910年就有搬上巴黎舞台的芭蕾舞《山鲁佐德》。这一芭蕾舞剧取材于《一千零一夜》。从《一千零一夜》改编为芭蕾舞的国家看，至少有法国、德国、俄罗斯、乌兹别克斯坦和中国等，其中最著名的《一千零一夜》芭蕾舞是俄罗斯芭蕾舞家是米哈伊·福金的《舍赫拉查达》，即《一千零一夜》。

芭蕾舞剧根据故事情节的需要，加入了大量充满感官刺激的元素，浓烈的色彩运用创作出了强烈的淫逸气氛，将宫廷生活的奢靡展露无遗，而布景及服装设计更影响了当时服饰及室内设计的流行风尚。芭蕾舞剧的舞台表演是由哑剧和舞蹈两大部分构成的。舞蹈部分又可分为直接推动情节进展的，以及情绪单一、表演性强的两种舞蹈。独舞犹如话剧中的独白、歌剧中的咏叹调，长于刻画人物性格和抒发内心情感。群舞则用来渲染、烘托气氛，调剂色彩。在许多古典芭蕾舞剧中，由女演员组成的舞队排出各种几何图形，表演优雅的轮舞、圆舞，呈现出令人赏心悦目的舞蹈构图，这往往代表了一部舞剧的典型场景。由米哈伊·福金编舞、里姆斯基·柯萨科夫作曲的俄罗斯经典芭蕾舞剧《天方夜谭》，又译作《舍赫拉查达》或《阿拉伯之夜》，在这部充满了异域风情的舞剧中，福金将阿拉伯舞蹈风格与芭蕾舞完美地融合在了一起，演员的跳跃、旋转不再保持传统芭蕾舞基本形态，在手势和身体韵律上让观众感受到的是一种地道的阿拉伯风情。而福金的高明之处在于他没有完全通过阿拉伯舞蹈来进行表现，而是在动作的发力方式上，严格地遵循了芭蕾舞的基本规律，这样的做法让阿拉伯舞与芭蕾舞产生了奇妙的化学反应。舞剧讲述了在古阿拉伯的海岛上，有一个萨桑的王国，国王名叫山努亚。王后趁国王山努亚和弟弟萨曼出征之际，与情人相会并在宫中饮酒作乐。国王山努亚和弟弟萨曼回到萨桑后，发现王后行为不端，他们便杀死王后、其情人及宫中一同狂欢的人。舞剧根据故事情节的需要，加入了大量充满感官刺激的元素，浓烈的色彩运用营造出了强烈的淫逸氛围，将宫廷生活的奢靡展露无遗。20世纪初，俄罗斯芭蕾舞剧《一千零一夜》的成功演出对作为世界时装设计中心的巴黎时装界产生了巨大影响。芭蕾舞剧《一千零一夜》的阿拉伯情调、粗犷的舞蹈以及艳丽的服饰，都使巴黎观众耳目一新。

享有“现代芭蕾之父”的米哈伊尔·福金，根据里姆斯基·柯萨科夫的交响组曲《天方夜谭》进行具有想象力和创造性的编舞。福金根据《天方夜谭》的后三个乐章中所做的编舞，完全摆脱了音乐原作所指向的《一千零一夜》的传说内容，植入了全新情节——宫廷的狂欢与仇杀。这对于熟悉交响组曲《天方夜谭》的观众而言，是具有危险性的，因为这不啻是对原作的彻底颠覆和背离。《天方夜谭》也被译为《舍赫拉查德》或《一千零一夜》，它是作曲家里姆斯基·柯萨科夫被演奏的作品中出现频率相当高的交响组曲。福金将10分钟长的第一乐章《大海与辛巴德的航船》作为全剧的序曲，面对大幕未启的舞台，听10分钟的管弦乐，对于音乐会听众全然不算什么，而对于芭蕾舞观众却有些长。但在里姆斯基·柯萨科夫的绚丽配器和曼妙旋律中，对于认真而专注的听者来说，即使在没有任何视觉引导的前提下，也能激发生动的想象。正如苏联音乐学家阿萨菲耶夫指出的："在富于造型性、色彩性的组曲中，里姆斯基·柯萨科夫充分发挥了他的造型能力与幻想力。"浪涛汹涌、波光粼粼的壮阔海面，遥远神秘的东方国度，传奇迷人的古老传说，这些画面仿佛随着俄罗斯音乐大师的乐曲而出现在众人的眼前，里姆斯基·柯萨科夫有着逼真的叙事能力。对其笔下变幻莫测、复杂微妙的节奏，福金以流畅而极富美感的舞蹈语汇与之对应，那种契合无间，让人由衷叹服福金的天才与造诣。连福金对音乐的调整——将第四乐章《巴格达的节日，大海，船撞于耸立着青铜骑士的岩石，终曲》的悲怆开头移到第三乐章《王子与公主》平静的叙事旋律之前，都不显得突兀。

福金具有罕见的音乐感、很高的文学造诣和绘画修养，因此才有可能将上述理论付诸实践。他对诺维尔的戏剧芭蕾思想进行了发展和改革，而且是相当大的改革，同时他也吸收了浪漫主义芭蕾和佩蒂帕芭蕾中的精华，他在对其舞蹈交响化的探索的基础上，创立了一种新型的舞剧形式——交响芭蕾。在其中舞蹈、音乐、美术、文学诸要素融合一体，服从于统一的构思和贯串的行动。这些作品大都是独幕舞剧。有的作品还采用最初并非为舞蹈写作的交响乐曲作为音乐基础；在编导手法上吸收了交响音乐的主题、变奏、复调、对位等技法，通过加强舞蹈的表现力和哑剧的动态感，打破了旧舞剧中舞蹈和哑剧的严格界限以及用舞蹈抒情、用哑剧叙事的刻板程式。然而他的编舞和他的作品还是打上了他所憎恨和反对的"旧芭蕾"的烙印。福金的革新对20世纪欧美以至全世界的芭蕾艺术的发展产生了深远的影响。

在中国，上海芭蕾舞团将《一千零一夜》中《阿里巴巴与四十大盗》的故事改编成了芭蕾舞剧《阿里巴巴与四十大盗》，并荣获上海市文化局1980—1982年度创作演出鼓励奖。天津芭蕾舞团也曾特邀俄罗斯著名芭蕾舞编导谢尔盖·费佳宁出任艺术指导，编排了大型芭蕾舞剧《一千零一夜》。

2001年黎巴嫩卡拉卡拉音乐舞剧团创编了大型音乐剧《1001夜》（原名2001夜）。《1001夜》是用浪漫的音乐舞蹈形式演绎深受喜爱的阿拉伯之夜。在加拿大的蒙特利尔和伦敦取得巨大成功之后，《1001夜》梦幻音乐舞剧组回到位于贝鲁特市中心的贝尔剧院。卡拉卡拉音乐舞剧团的这次舞台创新是通过演绎充满想象色彩的阿拉伯之夜给人们揭开了令人向往的东方的神秘面纱，以它的非凡魅力迷倒了万千观众。音乐剧《1001夜》不仅向人们展示了浪漫的想象，同时也使人们的心灵感受到了欲望心、报复心和同情心的冲击。《1001夜》这台音乐剧经过改编、创造了一个新的艺术世界。剧团拥有规模宏大的东方交响乐队，创编乐曲新颖，引人入胜；舞台设计宏伟壮观；服装丰富多彩，刻画人物细致入微，舞蹈编排也充满着激情。西班牙弗拉门戈舞剧《一千零一夜》的编舞安东尼奥·卡纳雷斯是当今最著名的弗拉门戈舞蹈表演艺术家之一，由他编排的舞剧《一千零一夜》由6个故事组成。《一千零一夜》舞剧运用弗拉门戈的击掌、跺脚、打响指、打响板等动作形成独有的节奏，结合阿拉伯舞蹈典型的髋部、腰部和手臂的摇摆动作来塑造人物、抒发感情，再加上艺术的构思与想象，把事件与主人公的命运结合在一起，凸显古代阿拉伯社会的种种生活场景。

二、名为《一千零一夜》的肚皮舞

肚皮舞（阿拉伯语：قص شرقي 或 رقص بلدي），是一种带有阿拉伯风情的舞蹈形式，起源于中东，并在中东和巴基斯坦、印度、伊朗等其他受阿拉伯文化影响的地区取得长足发展，19世纪末传入欧美，至今已遍布世界各地，成为一种较为知名的国际性舞蹈。肚皮舞阿拉伯原名意指东方之舞，因此又称“东方舞蹈”。一般认为肚皮舞是中东、中亚、埃及的古老的传统舞蹈。土耳其称肚皮舞为郭碧卡当司（Gobek dans）。1893 年在芝加哥举办的世界博览会，来自埃及的肚皮舞团，令美国人大开眼界，于是美国人将肚皮舞的法文 Danse Du Ventre（直译应是“The Dance of The stomach”）翻成“Belly Dance”。显然，欧洲人早于美国人先看到肚皮舞。

通常肚皮舞分为埃及风格和土耳其风格，它是一种与中东阿拉伯音乐和节奏来展示感性、柔软、流畅的舞蹈。在这种诠释性的艺术中，舞者化身为音乐的实体。就像乐手们用他们的笛子、鼓、乌德琴那样，舞者则用她们的身体去表现一段乐曲中的情感和节奏元素。肚皮舞与中东音乐有很多种配合模式，主要有以下几种：

（1）Taqsim 模式

舞者在对音乐进行演绎时，只用部分身体部位去响应独奏乐器（管乐器或弦乐器）的旋律，响应的方式为舞者根据每个音（note）的长度，来做动作。

（2）Call-and-response 呼叫应答模式

在这种模式下，舞者通过一系列“问和答”的动作与乐器“交谈”。

（3）Repetitive rhythmic 规律性重复模式

中东节奏大多都是 4/4 拍，即以四分音符为一拍，每小节为 4 拍。通常在某一节 4 拍后，舞者跟随鼓手来改变动作，这样的规律我们称之为“the rule of four”（4 拍规律）。有了这样的规律，舞者才能正确进行即兴表演和编舞创作。规律性重复模式就是指舞者跟随鼓手的节奏，重复使用脚步动作、臀部动作或是组合动作，但必须依照“the rule of four”（4 拍规律）来进行。

（4）Accents 重拍模式

根据节奏中的重拍，做出敏锐和迅速的重拍动作。重拍动作在 Drum Solo 鼓舞独舞中是特别重要的元素。

（5）Full Orchestration 乐队模式

在乐队中所有乐器同时描绘一个画面或诉说一个故事的时候，舞者用一个“大篇幅”的动作去响应这个场景，比如用旋转、滑行步（travelling step）、大幅挥动手臂等动作。

肚皮舞是女性的舞蹈，其特色是随着变化万千的快速节奏，摆动腹部、用力舞动臂部、胸部，这些动作成为肚皮舞牢不可破的传统舞技。肚皮舞必须在平滑的地板上进行，赤足舞蹈，配合音乐，以极快的速度完成错综复杂的肢体动作，舞步快速。肚皮舞可以是无伴奏的独舞，充满浪漫而且非常独特的阿拉伯音乐使得肚皮舞更具动感，常见的伴奏乐器有乌德琴、耐笛、地尔巴卡手鼓、扬琴山都尔等，其中打击乐器手鼓尤为重要，在舞者施展扭腰舞腹的绝活时，鼓的加入更具动感。肚皮舞也使用其他道具，如蛇、刀剑、面纱、蜡烛、火焰等，这些道具的出现，可能受到古代肚皮舞和神秘的宗教仪式的影响。这种颇有戏剧性而又神秘的表演方式，中东的一些国家至今仍严格遵循，尤其是错综复杂的蛇把戏。蛇象征男人和女人，雌雄同体的蛇非常诡异，充满了阿拉伯的神秘感。

各种名为《一千零一夜》的肚皮舞除了运用阿拉伯音乐伴奏外，纯正的肚皮舞与作为文学作品的《一千零一夜》并无任何交集，只不过是借用《一千零一夜》这个名字，来表明舞蹈源自阿拉伯，主要是表现阿拉伯风情的。

三、名为《一千零一夜》的化装舞会

化装舞会，与之相对应的英文词语有：masquerade，fancy ball，this masquerade，masked ball 等。化装舞会是欧美上流社会社交的一种方式，一般需要戴面具或者伪装方可参加。相传 2500 年前，居住在爱尔兰的塞尔特人以 10 月 31 日为每年的最后一日，11 月 1 日便是新一年的开始，也象征冬天的来临。在这新旧年交接的夜晚，塞尔特人相信死亡之神萨穆罕会带着看不见的灵魂重返人间，找寻替身后得以重生，因此他们点燃火炬、焚烧动物以作为给死亡之神的献礼，而族中的祭师也会主持祭典。为了驱赶黑夜中的游魂野鬼，塞尔特人会利用动物的头或皮毛将自己打扮成鬼怪的模样，口中还要发出可怕的声音，这就是欧美万圣节化装舞会的由来。有一种除旧迎新、驱鬼求神的祭祀仪式，在二十世纪初发展到了上流社会的高端社交场合。1911 年，由马赫德鲁斯资助的高级女装设计师保尔·普瓦莱在巴黎组织“一千零二夜”化装晚会，邀请风流女诗人露西·德拉鲁等三百余位名媛和士绅身着《一千零一夜》里种种人物的服饰，在苏丹宫殿喷泉的天方景致中川流不息。普瓦莱本人缠着鲜红耀眼的阿拉伯头巾，和德拉鲁分别扮成《天方夜谭》里的王子和公主，以东方情趣尽显西方世界的荣华富贵。伊莲·大卫·怀尔在《20 世纪传奇化装舞会》中写道：“尽管有其昙花一现的本质，但它们却以相当特别的方式来装饰各种小艺术：高级时装、餐桌艺术、家具制作、舞蹈编排、音乐创作、绘画。创造引人入胜的舞台布景，营造氛围，将体验者传递到另一个世界或另一个时代，以及最重要的是引起情绪的反应，而我认为这是界定所有艺术的真理，无论是所谓的高雅艺术还是装饰艺术。”“我举办欢庆会，邀请我的家人参加，并在自助餐时奉上自己制造的香槟，一种柠檬、白葡萄酒和气泡水的可怕混合物。”保罗·波烈在其回忆录中写道：“我讲这些不是为了夸耀我选择的各种消遣，而是因为这些日后将成为我研究和热爱的对象。”巴黎美好时代晚期的生活方式被保罗·波烈倡导的时尚影响着。虽然普鲁斯特激发的社会现象依然存在，但同时商人、艺术家、记者、交际花和时尚设计师也被接纳了，新贵逐渐跻身上流社会。

“第一千零二夜”是波烈举办的最著名的欢庆会。与其说这是一场半上流社会的聚会，不如说在这里上流社会没有容身之处。“仅限艺术家和他们的朋友”，詹姆斯·拉弗在其著作中描述道，“资产阶级甚至大阔佬都是不受欢迎的。”如今留下的黑白照片看不到当时色彩的创新，毕竟波烈在这方面尤为出名。其中，显示人物跪地祈求的那幅影像标志着“入场仪式”的诞生，这也属于波烈为此后化装舞会定下的规矩：想象丰富的背景，严格执行的着装规定，主题娱乐和消遣，来宾需遵循特别设计的活画（Tableaux Vivants，即入场礼），以及舞会中必不可少的各界人士——文化人、贵族和艺术家。更有趣的是，“一千零二夜”激化了贯穿未来化装舞会的一大现象——未受邀请者的愤怒。在波烈“第一千零二夜”开创的传统中，这是欧洲历史上最后一场盛大的化装舞会。盖伊·德·罗斯柴尔德在此后不到10年的时间里清楚地记录下来：“在描述这些舞会时，我觉得自己仿佛是个历史学家，在唤醒一个已经消失的世界。也许带着更多的怀旧，因为这不仅关乎我本人。一个时代逐渐远去，随之消失的是某种生活艺术。人类能够创造伟大的发明，但有时却忘记为它们注入活力。”

作为巴黎时装设计师的波烈曾首先废除紧身胸衣，他一反欧洲传统束腰、紧身的衣着方式，大胆吸收了阿拉伯穆斯林妇女服装宽松、随和的样式，使解放了的身躯和精致的丝绸共同产生一种轻松优雅的美，这无疑带给欧洲女性一股自由的暖风，当波烈的模特穿着被称为“惊人之作”的东方服饰、佩刀出现在一次晚宴上时，全场轰动，波烈成功了。他说："这时我对传统的束身衣已有成熟的看法，那就是从颈到膝都被束缚的女性躯体，必须要求解脱。"狂热迷恋东方情趣的波烈将自己的妻子德尼兹更是打扮得像波斯皇后，珠子装饰的束腰外衣，穿上伊斯兰闺阁便鞋，裹上穆斯林式的头巾，这已在当时的女帽热潮中激起新浪。一次，德尼兹戴了饰有鸵鸟羽毛的大帽出席名为"阿拉伯之夜"的晚会后，她的帽饰立即成为巴黎的时尚。

本章参考文献

[1] 杨聃：《化装舞会：已经消失的生活方式》，《三联生活周刊》2015 年第 822 期。

第6章 《一千零一夜》与雕塑及建筑

一、《一千零一夜》与雕塑

城市雕塑之所以独具特色，至少在3个方面有明确而到位的把握：首先，题材与城市有密切的渊源和情结，与城市有着不解之缘，它们应该是这座城市的雕塑；其次，造型有原创性的立意，既符合表现主题的需要，又具有鲜明的视觉形象和较高的鉴赏价值；第三，布局与环境相协调，使城市雕塑融合在城市空间之中，有一种必然的归属感。伊拉克首都巴格达有两座以《天方夜谭》为题材而创作的青铜雕塑作品。这两座雕塑完全符合城市雕塑的3个基本原则。一座在底格里斯河西岸的码头附近，雕塑家穆罕默德·加尼于1975年完成。这座雕像表现的是贯穿整个《天方夜谭》的故事线索，即知书达理的宰相之女山鲁佐德为了使无辜的女性免遭杀戮，在一千零一个漫漫长夜中给满怀仇杀心理的萨桑国王山鲁亚尔讲故事（如

图6-1）。只见她站在国王面前，双手张开在胸前，显然是在耐心地讲述。国王半坐半躺在床榻上，手搭在膝头，凝神谛听，好似完全沉浸在动人的故事情节之中。整个雕塑人物形态逼真，造型优美，活灵活现。

图**6-1**　山鲁佐德给山鲁亚尔讲故事（穆罕默德·加尼作品）

另一座雕塑也出自雕塑家穆罕默德·加尼之手，竖立在萨阿敦大街的街心花园。雕像取材于《阿里巴巴和四十大盗》的故事，表现少女马尔基娜的机智、勇敢。她是富商阿里巴巴的女仆，发现强盗想谋害主人，就趁他们躲藏在油篓里面的时机，将滚烫的油倒进去，把他们一个个杀死。雕像上的马尔基娜，高高站立在一个油篓上，双手捧着一个瓦罐，在把滚烫的油往下倾倒（如图6-2）。古老的《一千零一夜》催生了当代的艺术杰作。而这座当代艺术杰作又为古老的巴格达蒙上了几分传奇色彩。

1962年，伊拉克著名艺术家穆罕穆德·埃特·图尔吉在这条街上为《一千零一夜》出现过的阿拉伯伟大的诗人艾布·努瓦斯竖立了一尊青铜雕像。雕像上的努瓦斯手捧酒杯，好像仍在开怀畅饮，并从中

图 **6-2** 马尔基娜油浇强盗（穆罕默德·加尼作品）

寻找诗的灵感。艾布·努瓦斯（762—813）是阿巴斯王朝鼎盛时期最重要的诗人。他出生在波斯，双亲都是波斯人。他年少时生活在仅次于巴格达的科学文化中心巴士拉，深受波斯、希腊、印度文化的影响。他一边在香料店做帮工，一边到清真寺听讲座，学问长进得很快。年近三十岁时，他对自己的才能有了充分的信心，就把目光转向“既有文化，也有金钱和美酒”的巴格达。到巴格达之后，他用诗歌开路，赞颂权贵人物，得到他们的赏识。通过他们向哈里发拉希德进献诗歌，取得这位君王的欢心，经常出入宫廷。但是，他放荡不羁，玩世不恭，酗酒作乐，有时也招致哈里发的斥责甚至监禁。艾敏继任哈里发之后，崇尚歌舞玩乐。努瓦斯再度受到恩宠，成为名副其实的宫廷诗人。但是，他酗酒作乐的老毛病不改，使艾敏受到政敌的攻讦。因此，这位哈里发不得不责令他戒酒，甚至一度将他下狱。尽管生活上充满坎坷，他的诗歌创作从未中断。他在继承阿拉伯诗歌传统的基础上大胆革新，被誉为革新派诗人。他有传世诗作一万二千多行，大多调侃权贵，嘲弄群小，宣扬思想自由，赞美青春、美酒和爱情。他被阿拉伯文学史家称为“酒仙诗魁”。

二、《一千零一夜》与建筑

《一千零一夜》中有对于阿拉伯建筑的描写，诸如清真寺、宫殿、广场、花园等。书中的建筑基本上涵盖了阿拉伯建筑类型：城市、清真寺、墓穴、宫殿和要塞等。除了这四种类型外，还有一些民间建筑如公共浴场、喷泉等，这些恰恰是西方绘画家最喜欢表现的场景，以此来展现他们所谓的东方情调。山鲁佐德描绘的是巴格达苏丹后宫的喷泉、麦加和麦地那的先知寺、菲斯的清真寺、开罗的金字塔、哈里发统治的领土和整个阿拉伯世界里热闹的东方集市的景况。《一千零一夜》对建筑物的描绘要远为丰富。比如关于巴格达城，在《一千零一夜》《富翁和六个侍女的故事》中就有描绘：“巴格达交通方便，各国的各种海产品和美索不达米亚、亚美尼亚及其周围地区的粮食都可以通过底格里斯河运往巴格达。幼发拉底河又可沟通巴格达与叙利亚、里卡城。初建巴格达城，耗时四年，耗资约四百八十八万三千迪尔汗，约有十万人参加修建这座城市。负责工程的建筑师是希加知，阿尔塔和茨姆，互达赫。最初，巴格达被称为‘和平城’。巴格达城的平面构制为圆形，故又被称为‘团城’。巴格达城的护城河宽二十米，河上横跨四座活动吊桥，每到晚上，吊桥就被收了起来，巴格城就像一座小岛屿，处于护城河之中。巴格达的城墙是砖砌的，分为内墙和外墙。外墙比内墙低，外墙高三十腕尺，内墙底座宽五十腕尺，由下向上越来越窄，顶部宽只有二十腕尺了。外墙无塔楼，内墙建成齿形城垛，有塔楼。建筑师将城墙建成这个样子是别有深意的，假如敌兵来侵略，即使突破了外墙，还有高高的内墙护着都城，再就是敌人从外墙攻击时，城内的士兵站在内墙上还击，居高临下，很容易抵挡。巴格达中央是哈里发王宫，建有‘金门宫’和‘苏曼尔清真寺’。当时的巴格达城有四座城门，分别叫巴士拉门、库法门、夏姆门和呼罗珊门。四座城门连接着四条大街，一直通向城中央的哈里发王宫。城内的街道以广场为中心，向四周延伸。城墙的外墙、内墙和哈里发王宫的城墙构成了三个同心圆。外墙、内墙间又以板壁建造了通道隔离带，内外城门以三道长三十腕尺、宽二十腕尺的狭窄通道和三道长六十腕尺、宽四十腕尺的天井相连，迂回曲折，防守甚严。哈里发非常喜爱洁净，因此巴格达城内环境很好，十分整洁。城内有一万多所澡堂，供人们洗澡。在八、九世纪期间，巴格达一直很繁荣，是阿拔斯王朝的政治和商业中心，其威望和规模在当时来说，其他城市根本无法与之相比。阿拔斯盛世哈伦·拉希德时期（786—809），是巴格达城的鼎盛时期。当时，巴格达城成了一座国际城市，仅仅皇宫及其亲属所住的地方，以及一些高级的或特殊人物居住的地方，就占了巴格达城的三分之一。皇宫中有一个接见厅，专门接待其他国家的重要官员，里面陈设讲究，豪华典雅。公元836年，阿拔斯王朝迁都萨巴拉，巴格达城逐渐衰败了下来。后来，随着连年的内战和自然灾害的破坏，巴格达失去了原有的风貌，几乎成了一片废墟。”

又如在《一千零一夜》第六卷《太子詹的故事》中，太子詹在一个神秘的花园中，爱上了前来沐浴的仙女，仙女飞走后，詹茶不饮饭不思，一心想找到仙女的居所台库尼城堡——一座用宝石修建的城堡。经过无数磨难，王子终于发现了那个隐匿世间的王国，“他慢慢醒过来，发现一道道刺眼的光芒，布满了远方的整个天空。他呆呆看着那不寻常的景象，并不知道光芒是从他所寻找的那座城堡中放射出来的，离他所在的卡穆斯山区还有两个月的路程。原来那城堡由红宝石建成，墙壁是黄金，里面建塔数以千计，全都由珍稀金属筑就，缀满了深海中的名贵珠宝，此城堡由此得名为宝石城堡。”

除了台库尼城，《一千零一夜》第六卷《阿拉丁和神灯的故事》中还写到了阿拉丁驱使魔鬼在一夜间修造的举世无双的宫殿：

“阿拉丁举目观看那巍峨壮丽的建筑物，他非常满意。整幢宫室都是用碧玉、雪花石和云石等名贵材料，经过精雕细凿建成的。他随灯神进入宫殿，仔细观看每一部分的装饰和陈设。首先在储藏室中，他看到了堆积如山的黄金、白银和其他各式各样的名贵珠宝，数量之多，质量之好是无法估计的。在餐厅里，他看见餐桌、餐具，如杯、盘、碗、盏、刀、叉、匙、筷等食具一应俱全，都是金制的，非常稀罕名贵。在厨房里，他看见了厨师，在他们旁边是所需的全套炊具，如金银般发射出灿烂的光芒。在储藏室里，摆满大大小小的箱子、柜子、盒子，箱柜中装着各种御用衣服和名贵的丝绸锦缎衣料，其中织锦、天鹅绒一类的衣料是中国、印度的产品。在一间间布置成套的寝室里，摆着堂皇的卧具、富丽的陈设和稀罕的装饰品。马房里饲养着高头骏马，远非一般帝王拥有的骡马可以比拟……这一切都是在一个晚上创造出来的。如此壮丽、宏伟的建筑和丰富多彩的陈设，即使人世间最权威的帝王也办不到。”

《一千零一夜》第四卷中的《铜城和胆瓶的故事》中讲述执政官沐萨奉命寻找苏里曼大帝封禁魔鬼的铜瓶，他们跋山涉水，途中经过一幢空无一人的古代宫殿，“但见大门洞开，里面的长廊和云石阶梯全都展现在眼前，墙壁和屋顶全用金属磨得灿然发光，非常富丽堂皇。”门前竖着一块木牌，上面用希腊文写着诗句，“对那班过世的帝王公侯，人们依然怀着向往、凭吊的心情。宫殿里残存着他们最后的信息，他们自己却聚会在坟墓里。”众人感慨良久，继续前行，终于在埃及和摩洛哥之间的沙漠中发现了亚历山大大帝曾经驻足的铜城。这就是《藏宝之书》所记载的铜城，城墙通体用黑石砌就，如山岳般巍然耸立，二十五道城门紧紧锁闭，只能从城内开启，两方安达鲁西亚铜铸就的高塔直插云霄，远观犹如两道火焰。沐萨率众登上铜城对面的一座高山，朝前望去，一座无比雄壮、伟大的城市浮现在眼前，“建筑高大、堂皇，亭阁巍峨、富丽，楼房鳞次栉比，流着潺潺清水的河渠，生长葱郁的果木，还有百花开放的花园，真是一座城郭坚实、固若金汤的城市。然而美中不足，整个城市显现出一片荒凉、寂寞景象，空空洞洞，没有人影、炊烟，但闻猫头鹰在一边喧嚣，雀鸟在屋里飞鸣，乌鸦在道旁长啼，好像在凭吊古人。”及至破城而入，但见“街道宽阔，建筑高大，商店互相毗连，一间间全都敞开，各种装饰、陈设原封未动，里面摆着各种商品货物。老板们死在铺里，皮肉干了，骨头朽了，变成了后人惊叹的对象。”

《一千零一夜》第二卷《艾彼·顾辽伯和金银城堡的故事》讲述了金银城堡的样子：“走到堡垒门前，见堡垒的两扇大门又高又大，全用彩色宝石和刚玉镶嵌得光耀夺目。跨过大门，里面俨然是一座城市。一栋栋高大壮丽的宫殿，屋宇林立，都是用金砖银砖建成，并用彩色珍珠、宝石、刚玉、橄榄石点缀，装饰得异常富丽堂皇。室内地板上撒着大珍珠和用麝香、龙涎香、番红花做成榛子一般大的球丸，因此到处闪烁着珠光宝气，弥漫着扑鼻的馨香气味。”

《一千零一夜》中这些关于建筑的奇异想象在现实生活中确有其来源。一方面是沙漠中残存的希腊、罗马古城以及前穆罕默德时代的城堡废墟刺激了故事叙述者的想象，另一方面还有来自民间装饰艺术的影响。一件波斯的雕花工艺品远比清真寺的大门要精致；一块小型的装饰纹样看起来就像地平线上的寺庙尖顶，这和布洛赫在本节使用的Fata Morgana这一气象学术语构成了呼应。Fata Morgana最初指Fairy Morgana，即摩加娜仙女，即亚瑟王中了魔法的妹妹，她居住在深海的水晶宫中，偶尔也会露出海面，被航海的水手误认为海妖。后来在气象学上，摩加娜仙女（Fata Morgana）被用来指海市蜃楼的一种类型：岸边的悬崖和房屋被折射投影到海面上，看起来就像是地平线上的城堡或塔尖。

除了受上述这种装饰纹样的影响外，《一千零一夜》在描述建筑物时无节制地堆砌黄金、宝石、象牙和彩绘玻璃窗，也是受当时装饰艺术影响的一种体现。在现代社会，世界各地的建筑设计师在《一千零一夜》的启发下，获得灵感并以此来设计现代建筑。如英国埃利克·库恩建筑设计公司设计的科威特“一千零一夜塔”，高度1001米，共250层，就是最好的例证。

阿联酋在迪拜大兴土木，吸引了全世界的注意，也引起了邻居的眼红。2007年11月，离迪拜塔封顶还早，科威特就通过了一个打败迪拜塔的计划，建造1001米的Mubarak al-Kabir塔。塔的高度取自阿拉伯民间故事《一千零一夜》，人称“一千零一夜塔”。这座高1001米的摩天大楼坐落在科威特湾沿岸最北端城市苏比亚，毗邻伊拉克，是名为Madinatal-Hareer（丝绸之城）的大型开发项目的一部分。整个项目将历时25年左右，建造成本估计在860亿美元上下，包括一个面积200公顷的沙漠自然保护区、一个新机场、一个大型商业中心，还有涉及环境、体育、媒体、健康、教育和各种行业的建筑和设施。“一千零一夜塔”几乎是目前拥有官方认证的世界最高建筑台北101大厦的两倍，令人生畏。计划中，在接近楼顶的地方，1座清真寺、1座基督教教堂和1座犹太教教堂将被分别建在大楼的3个侧面，象征3种宗教共存。随着即将成为世界第一高楼的迪拜塔的兴建，现代的伊斯兰建筑也被提到一个全新的高度来看待。迪拜塔的设计源自伊斯兰建筑的风格体系，大楼底部3个分开的基础就是迪拜沙漠地区植物蜘蛛兰的抽象版本。自然和花朵是多数传统伊斯兰设计的焦点。由于建筑在中东发展迅速，在迪拜也有很多对伊斯兰建筑的现代评注。另一座正在建设的科威特的丝绸之城也以其高塔成为了伊斯兰建筑的现代版本。

西班牙建筑设计师塞洛·雅克·特瑞斯的最新作品“一千零一夜别墅”（如图6-3）坐落在西班牙马德里的郊区，与现代的摩天大厦相比，一千零一夜别墅则显得厚重原始，犹如一座古代的城堡。但在夜晚灯光的作用下，则如梦如幻（如图6-4），非常吻合《一千零一夜》梦幻神奇的情调。

图 **6-3**　一千零一夜别墅（**1**）

图 **6-4**　一千零一夜别墅（**2**）

这是一个独立家庭住宅，占地2100平米。整幢建筑设计水准相当高，部分建筑被繁复的曲面墙遮住，而曲面墙仿佛自水中升起，周围铺上了一层白色、灰色和黑色的石块，作为该片用地景观的一部分。

它除了具有雕刻般的特色之外，典型的 A-cero 风格还表现在外墙的一面将建筑本身与周围景观融合在一起。一条宽敞的石径，两边皆水，指向一道通往住宅的高大黑色玻璃门。而在花园内，根据屋主的要求，种植着棕榈树、石榴树以及中东地区的植被。住宅的后方墙壁最为突出，也构成了这块用地的一道缓坡。前面是长廊、泳池及花园。从住宅内几乎所有的房间都能看到此处的风景。建筑全身都披着“黑色比利亚尔花岗岩”。设计师为建筑设计了木制的大窗户，为室内空间引入充沛的光线。而在长廊上，长达 10 米的主起居室窗户自动让道，室内与室外由此联成一体。雨果曾在《巴黎圣母院》中写道：“人类没有任何一种重要的思想不被建筑艺术刻在石头上。”每一座城市经过历史的积淀，都拥有经典的建筑景观作为标记。在西方近代文学中，也有很多关于文学和建筑的探讨，甚至产生了 Architectural Fiction 这个类别，卡尔维诺的《看不见的城市》、Edward Carey 的《望馆楼追想》、Ayn Rand 的《源泉》以及 Fritz Lang 的《大都市》、库布里克的《2001 太空漫游》、Ridley Scott 的《银翼杀手》，以及 Peter Greenaway 的《建筑师的胃》，等等，都被归于这个类别之下。作家们根据建筑空间写的故事或者以建筑师为主角的小说比起那些商业广告语或许更能撩拨人们的想象。比如在卡尔维诺的《看不见的城市》里，人们找不到能认得出的城市。所有的城市都是虚构的；人们在卡尔维诺虚构的城市中迷失，游走。而在临近我们的日本，也有三岛由纪夫的小说《金阁寺》，讲述一个口吃的和尚最终受不了东京真实存在的金阁的美，不得不一把火把这座建筑点了的故事。以上作品都可以称之为“建筑文学”。这些作品无一不是对建筑中可能的真实现场虚拟记忆的提取。

本章图片来源

［1］http：//news. sina. com. cn/w/2003 －03 －09/1624939364. html

［2］http：//arch. liwai. com/content －35536 －4. htm

第 7 章

《一千零一夜》与绘画及摄影

一、《一千零一夜》与绘画

《一千零一夜》是世界各国画家们钟爱的题材。18 世纪开始，以《一千零一夜》为题材的绘画形式有：油画、插画、连环画、海报、招贴画、邮票、剪纸、瓷器、商标图案、挂毯等。在以《一千零一夜》为题材的纯绘画作品中，不乏世界级绘画大师的作品，如毕加索的《山鲁佐德自画像》等。1948 年俄罗斯著名画家马克·夏加尔（Marc chagall）创作了 12 幅《一千零一夜》绘画（如图 7-1 所示的《一千零一夜》系列之《Then the boy was displayed to the Dervish》）。1931 年夏加尔的中东之行（游历过巴勒斯坦、叙利亚）使他对阿拉伯风情产生兴趣，以《一千零一夜》的故事为题材，创作了彩色系列石版画《阿拉伯之夜》等，现在珍藏于美国的克里夫兰艺术博物馆，作品中瑰丽的色彩表现了浓郁的东方韵味。

图 7-1 《**Then the boy was displayed to the Dervish**》（马克·夏加尔，**1948**）

马克·夏加尔（1887—1985）是现代绘画史游离于印象派、立体派、抽象表现主义等一切流派的绘画大师。1923 年移居巴黎，长期客居他乡。夏加尔擅长风俗画，吸收白俄罗斯犹太人民间艺术因素，采取立体派变体、超现实主义等艺术手法，经常表现客居巴黎的画家对故乡风情的梦幻式回忆，他的画作想象自由奇特，造型稚拙怪诞，色彩浓艳明朗。代表作有《我和我的村庄》（1911）、《有 7 个手指的自画像》（1912）、《透过窗子看巴黎》（1913）、《生日》（1915—1923）等。夏加尔的 12 幅《一千零一夜》画作分别取材于文学原著《一千零一夜》的十多个故事，即乌木马的故事、阿里巴巴和四十大盗、脚夫和三个巴格达女人的故事等。12 幅画颜色各不相同，但都极其艳丽，画风原始古朴，充满了奇幻和儿童情趣，表现出印象主义绘画风格（如图 7-2 和图 7-3）。

图 **7-2** 《**So I came forth of the Sea**》
（马克 · 夏加尔，**1948**）

夏加尔彩色系列石版画《一千零一夜》画作的有两方面的特点：其一，他表达幻想的题材，对五光十色的梦境有着特殊的偏爱；其二，他以充满诗情的幻想为基础，将表现主义与结构主义两种不同的指向联系起来。贯穿其艺术始终的独特风姿是浓艳的色彩、倒错的空间、抒情的诗意、梦幻的沉思、奇异的想象、天真的幽默，以及真实的生命体验。夏加尔一生在外漂泊，作品的母题常为游子梦回故乡。他把

图 7-3 《**Disrobing her with his own hand**》
（马克·夏加尔，**1948**）

对童年和故乡的爱交织在色彩里，把真实与梦幻融合在构成中，彩色系列石版画《阿拉伯之夜》就是这种梦境的表达。仔细欣赏夏加尔的彩色系列石版画《阿拉伯之夜》的绘画作品，能把我们带入一种如梦似幻的美感境界，能让我们喜欢不断反复地滞留于他那些充满着诗意的画面中。感受他老练兼有童稚的风格，将真实与梦幻融合在色彩的构成之中（如图 7-4）。

根据毕加索的情妇弗朗索瓦·吉洛的描述，毕加索对夏加尔颇有敬意。“马蒂斯死后，夏加尔是唯一理解色彩的艺术家。”毕加索曾如是说。夏加尔的彩色系列石版画《阿拉伯之夜》画面中的意象，看似梦幻、天真、怪诞，不合逻辑，带着的压抑与忧伤，其实质却是夏加

图 7-4 《**They were in forty pairs**》
（马克·夏加尔，**1948**）

尔真实的心灵状态。整个系列画面色调微妙，有彩色粉笔风格，内容充满着动感，有微微闪动却又极其流畅的线条，结构轮廓清晰，色调呼应精确。这种超现实主义的风格源于夏加尔孩提时代的一些经历，也体现出了他作品的特质：一种儿童的直觉，一种内心世界的展示。夏加尔绘画中包含三种绘画语言：犹太教文化，华丽的、装饰性的审美传统影响了夏加尔的绘画，其作品常常是有表现力的，非透视性的，甚至还有些神秘元素；俄罗斯文化，民间和宗教中的图像；西方文化，夏加尔从西方绘画传统中汲取了大量的营养，从古典大师伦勃朗到他交游的前卫艺术家。但是，夏加尔的彩色系列石版画《阿拉伯之夜》却与这三种绘画语言不同，表现的阿拉伯文化，这是否是夏加尔对不同文化的一种认同和包容呢？

亨利·马蒂斯（Henri Matisse，1869—1954）是20世纪最伟大的善于运用色彩的画家之一，野兽派的代表人物。年轻时曾是象征派画家莫罗的学生，后来受到印象派的影响，吸取了亚洲和非洲艺术的表现手法，形成自己的一套风格，即用简单的方式抽象表现人或物的形态，并大胆地运用色彩构成视觉冲击，也正是这种别具一格的艺术表现方式使得马蒂斯的作品有了自己独特的魅力。造型夸张，多用单纯的线描和色块的组合，形成装饰感的画风，追求装饰和形式感，是马蒂斯艺术的本质。马蒂斯利用剪纸进一步发展了他绘画作品中那种装饰风格的优美韵致。他的剪纸富于幻想的情调，创造了一种神话般的如梦似幻的境界。马蒂斯的剪纸创作跃动着一种旺盛的生命力，洋溢着春天的气息，明朗而欢快。马蒂斯一生创作了二百余幅剪纸作品。亨利·马蒂斯剪纸作品《一千零一夜》（如图7-5）创作于1950年。这幅名为《一千零一夜》的剪纸作品，整体图案好像一幅连环画，它由7个从左至右单幅图案构成，上下则是类似“心”造型的两行有序排列。植物纹样、波浪纹样构成方形、长方形与圆形的几何图案。大约用到了十多种不同的颜色，色彩稳定、亮丽，体现马蒂斯对光与色所具有的独特感受，以及情感和心理的变化。马蒂斯剪纸作品《一千零一夜》表达多种内涵，充满五彩斑斓的诗意梦幻。除此之外，马蒂斯还创作了“东方宫女”系列绘画作品，如《戴面纱的女人》《两个奴婢》《摩尔屏风前的年轻女子》等，均体现阿拉伯装饰风格。马蒂斯彩色剪纸艺术可以看作是他的抽象风格的代表。

马蒂斯认为艺术有两种表现方法：一种是照原样摹写，一种是艺术地表现。他主张后者。他说：“我所追求的，最重要的就是表现……我无法区别我对生活具有的感情和我表现感情的方法。”马蒂斯一生都在做着实验性探索，在色彩上追求一种单纯原始的稚气。他向东方艺术吸取了许多平面表现方法，画面富于装饰感。在学习东方艺术的过程中，他从原来追求动感、表现强烈、无拘无束的观点，渐渐发展成追求一种平衡、纯洁和宁静的感觉。

图 **7-5** 剪纸《一千零一夜》（马蒂斯，**1950**）

马蒂斯的剪纸简单，但其中表现出的率真和质朴是其作品的真正魅力所在。三条或者更少的纸片一交叉就是星星，仿佛是一个孩子所为；一个个小小的黑白方格点缀在一片黄色、白色和绿色中就成了一群蜜蜂，好似虫儿们正在夏天的树叶间自由飞舞。但其实每幅画作都有很多具体细节上的考量，比如：数量、大小、色彩、位置、平衡和排列都是经过艺术家精心设计的。马蒂斯所采用的这些新材料带给他的是纯粹、亚光、无法调试的颜色。每一张纸，无论大小或色调，在这方面都是一样的，没有什么优先性和让人叫绝的犀利造型，当然也不受笔触的影响。每一个形状都是独立的且自成一体，在与其他形状发生关联的同时仍然保持着自身干爽利落的形制。带状、条状、卷曲状、圆盘、翼状的纸片两份放在一起转眼成了鱼鳍、棕榈叶、柠檬、球体和金鱼。这些剪出来的彩色造型让人不由想起了马蒂斯的油画。

马蒂斯的剪纸包含别针、颜色板，以及量身定制的各种图案。他从孩提时代起就能极其熟练地运用剪刀。《蓝色人体》是马蒂斯的名作，一套 4 幅，创作于 1952 年。马蒂斯的裁剪是如此大胆，又如此细腻，精彩的蓝色人物造型中被巧妙引入了诸多留白。一把剪刀忽而用来打轮廓，忽而又直接裁剪以塑造出造型。马蒂斯在阐述自己的艺术理念时就说过，他所梦想的艺术，是充满平衡、静穆，没有令人不安，只是使人心灵平息的手段，他称自己的艺术是“安乐椅艺术”，并不像洪水猛兽那样可怕。受莫罗的影响，马蒂斯一生遵循着“求简”的创作原则。

图 **7-6** 维斯教堂玻璃窗设计稿
（马蒂斯剪纸作品，**1949**）

剪纸反映了马蒂斯毕生关心的问题——素描关系与色彩关系的统一，从而创造出一个超越画面的、用色彩来表达的境界，创造出一个为艺术家所观察和体味的理想世界模式。剪纸是马蒂斯的基本思想和基本方式的显著且合乎逻辑的延伸。剪纸对于马蒂斯来说就是在系统探索这一新表现形式的同时，也大胆寻求一种新的美学实践和视觉表情。事实上，充满形式、线条和集中的色彩所表达出的图案式的优雅与平衡常使马蒂斯兴奋不已。“剪刀是一副美妙的工具，用来做剪纸的纸张也很美丽……对我而言，利用剪刀在这样的纸张上工作，是一件使人能够进入忘我境界的美妙事情。”从1943年到1946年，马蒂斯用剪刀即兴剪出的《爵士》中的一系列快活人物，到1948年他为维斯教堂礼拜堂彩绘玻璃窗上直接以剪纸方式创作了《生之树》（如图7-6），剪纸已成为艺术家实现艺术理想最直接、最有力的手段。《海洋动物》（1950年）、《一千零一夜》（1950年）、《蔬菜》（1951年）、《常春藤与花》（1953年），马蒂斯总是进行着色彩与形态的实验，用高度概括、灵活的组合来寻求形式的抽象美感和象征性。1952年，马蒂斯创作的《飞扬的头发》和《蓝色裸女》（如图7-7），以蓝色剪纸剪出夸张、婀娜的美姿，典型地表现出艺术家对裸体整体的、雕塑般的刻画；而其同一时期创作的《大洋洲的记忆》则以人物的抽象行为和色彩交互作用的韵律之美达到了另一个绘画的理想世界。1954年，马蒂斯为纽约联邦教堂所做的彩绘玻璃设计成为他生命的最后乐章。仅仅用一些纸张、别针和剪刀变换出的作品奇妙得好似被施了魔术，创造了一种神话般的如梦似幻的境界。

图7-7　《蓝色人体》（马蒂斯剪纸作品，1952）

马蒂斯为教堂设计的彩色玻璃窗由绿、蓝、黄、白几种色彩组成，在太阳光的照射下，这幅精美的图案上各种颜色及图形就会映射在地板上。后来，他又为私人客厅设计了类似的彩色玻璃窗，也曾在泰特现代艺术博物馆展出，参观者来到这里，都会在太阳映射的影像前停留片刻。马蒂斯为这所教堂创作的剪纸壁画，后来为梵蒂冈教皇珍藏起来，既不展览也不出借。

马蒂斯曾说："一旦日本版画打开并洗净了我的眼睛，我就能真正地全身心地投入色彩，因为他们具有表现情感的力量。……举个例子吧，波斯细密画向我展示了感受的所有可能性。"他还说："我的启示来自东方。"

图 7-8　《一千零一夜》（高野绫油画作品）

日本女插画家高野绫创作了油画《一千零一夜》（如图 7-8）。1976 年，高野绫在日本埼玉县出生，毕业于多摩艺术大学的艺术部，1997 年加入村上隆公司成为大受欢迎的女艺术家，作品销量常达 90%。高野绫的绘画被广泛运用到室内装饰、服装、靴子、手提包等。这些作品虽然有些情色意味或者说颓废，但这也是商业需要，也许更是日本文化艺术的传统。高野绫天才的创意、构图和用色，以及其略显诡异的感觉和对性的大胆表达，甚至包括自恋，更为特别的是那些未发育的女童形象以及同性恋主题。她的作品受到漫画、科幻小说、春宫画以及日本传统元素影响。她经常从科幻小说中汲取灵感，她的幻想作品混搭了日本漫画和科幻小说的元素，并带有一丝对日本式小情色的微妙表达，作品色彩华丽，想象力丰富大胆。高野绫油画《一千零一夜》中的阿拉伯少女戴传统的阿拉伯面纱，但却在吞云吐雾，大吸香烟，显示出叛逆风格。如果不是有阿拉伯字母，很难判断油画与《一千零一夜》有何关系。不过整个画面以粉红色为基调，凸显少女情怀。

中国画家胡永凯作品《天方夜谭》以中国水墨意象，吸收了阿拉伯艺术元素，充满了阿拉伯风情。胡永凯在20世纪80年代就曾经为当时的几个出版社画过《天方夜谭》的连环画，包括为浙江美术出版社画的《阿里巴巴和四十大盗》《神灯》等连环画。这幅《天方夜谭》四联画（如图7-9）选取了《一千零一夜》的3个故事——《阿拉丁和神灯》《辛巴德航海历险记》和《阿里巴巴和四十大盗》，把这3个故事串联在一起，形成一个连环画效果的组图。本来是互不相关的故事场面，经过拼贴放置在同样的月光下，就变成了兼具连续性情节性的画面，并表现出强烈的装饰性。

图7-9 《天方夜谭》（胡永凯四联画）

插画（Illustration）又称插图，此词的定义不一，解释繁多，就功能面陈述，插画是将文字内容、故事或思想以视觉化的方式呈现。插画，西文统称为“illustration”，源自于拉丁文“illustraio”，为照亮之意，也就是说插画可以使文字所要表达的内容变得更加清晰而明确。《辞海》对“插画”的解释是：“指插附在书刊中的图画。有的印在正文中间，有的用插页方式，对正文内容起补充说明或艺术欣赏作用。”这种解释主要是针对书籍中的插图，是一种狭义的定义。

一般来说，插画与其他纯艺术的最大分野之处不只在于有文字的叙说性，其背后目的还指向着的商业市场和特定对象，所以插画较纯艺术来说，更有着视觉传达的大众传播性。因此举凡美术的相关设计，如文字编排、空间的表现、线条的变化或是媒材的使用都比其他类的艺术创作要更加多元，这样才能以多向地“视觉：非语言型式”（Visual）来传播“语言”（Verbal）的深层意涵；也因此，插画的应用十分广泛，凡书籍、杂志、报纸、说明书、小说、教科书等出版物中，在文字里插入的装饰文案、绘画，都统称为插画。总的来说，插画是一种结合艺术创作与文字（非语言和语言）的艺术表现，有着“叙说”内在思维的传播性。Illustrated Book 指有插图的书，意指一本厚厚的书，里面有 10 张插图，图文并非完全连接，与具有连贯性的绘本（Picture Book）不同。插画的功能：诠释或加强文本的主题内容；对于文学作品，能清晰地表达故事中的场景与角色；对于教学图物，能将抽象概念具体化或将操作按步骤进行图解，从而有利于学习；将文本的内在情感图像化，直接与读者沟通交流。

插图的历史和书籍的历史一样悠久。它既与文学创作有血肉联系，同时又是绘画艺术的组成部分；它与文学的完美结合，是对文学艺术的再创造。纵览中外文学史，古代和现代各个时期的珍贵插图，都为文史研究提供了大量真实、可靠的形象资料，都参与诠释了文化的背景和时代的发展脉络。书中的插图，不仅是宝贵的历史文化财富，也是研究古代政治、文化、民俗等的生动材料。一本书里有几幅精美的插图，就可以诗意地再现原书的内容，使读者得到视觉上的愉悦。

从18到20世纪，西方各种版本的《一千零一夜》中插图数量庞大，难以计数。仅在19世纪英、法、德、俄文版的《一千零一夜》译本中，插图就超过千余幅，这些插图为译本增色不少。大部分彩图上的人物造型准确，写实性强，通过服饰等充分体现了阿拉伯的传统风俗习惯，色彩艳丽，紧扣故事情节，足见西方人对《一千零一夜》的研究深度。《一千零一夜》在西方不同时期的插画与西方绘画的风格演变以及西方与阿拉伯世界的互动密切相关。迄今能够见到的西方《一千零一夜》的插画始于19世纪。大体上说，从18世中期开始，西方世界就尝试在《一千零一夜》译本中运用插画。1863—1865年英国漫画家约翰·丹尼尔爵士（Sir John Tenniel，1820—1914）就为《一千零一夜》制作插画。1865年素有“法国插图之神”之称的法国画家埃德蒙·杜拉克（Edmund Dulac）用浪漫的笔触绘出一整套天方之夜的奇景，杜拉克至少为7种儿童文学名著创作过插图，共计1005幅。其中《一千零一夜》的《辛巴德航海记》在1865年出版，共二十多幅插图。1873年，法国画家古斯塔夫·布歇（Gustave Boulanger）为《一千零一夜的故事》（A Tale of 1001Nights）制作插画。1887年，英国画家沃尔特·克兰（Walter Crane ，1845—1915）创作插画《阿拉丁》（Aladdin’s Picture Book Arabian Nights）。沃尔特·克兰是英国著名的油画家和插图画家，曾创建英国“工业艺术展览协会”。他的多数作品带有社会道德说教的基调，在书籍装帧和插图上的成就卓著，石版画《舞蹈》是他作品的基本风格，他也有许多彩色石版作品。1897年，英国画家艾伯特·莱奇福德（Albert Letchford）为理查德·伯顿（Richard Burton）翻译的《一千零一夜》（the Thousand Nights and a Night）制作插画。1915年，匈牙利画家威利·波加尼（Willy Pogany）为英国翻译家埃德加·威廉·莱恩翻译的《一千零一夜》制作了11

幅插画。1917 年，丹麦画家凯·拉斯莫斯·尼尔森（Kay Rasmus Nielsen）为《天方夜谭》制作插画。1932 年，美国画家斯提尔·萨佛奇（Steele Savage）为美国译本制作 8 幅插图。彼得·魏斯（1916—1982），德国剧作家、小说家、画家和电影艺术家，1952 年入瑞典国籍，加入了瑞典实验电影工作室，在那里制作了几年电影。这期间，他还在斯德哥尔摩的人民大学教授绘画，并为瑞典文版的《一千零一夜》绘制了插图。1981 年，英国画家 Errol le Cain 创作了《阿拉丁》插图（Aladdin）。此外，还有德拉克洛瓦、保罗·埃米尔·德杜什、毕加索和夏加尔等，夏加尔画过山鲁佐德为波斯王讲故事的场景的插图，毕加索有《山鲁佐德画像》。他们都出神入化地绘出了东方异域的迷人风情。

《一千零一夜》的每幅插图其实都是一个重要的视觉幻想，它展示出一个迄今为止被忽视的研究领域。讨论《一千零一夜》插图有助于在现代视觉上重新发现西方人眼中的阿拉伯世界。这些插图既是重要的历史文献，也是一般的意义上的历史书。

西方插图画家对脍炙人口的“阿拉丁与神灯”“阿里巴巴与四十大盗”情有独钟，绘制的插图最多，但他们眼中的阿拉丁却是个留着辫子的中国少年。《魔法花园里的阿拉丁》，画家卢德威·福勒达（Ludwig Fulda）的作品（如图 7-10），描绘的是阿拉丁穿越地下魔法花园取得神灯的情节。这并不是画家的借题发挥，阿拉丁在欧洲的很多插图中都是中国人模样，因为《一千零一夜》里明明白白写着阿拉丁生活在中国，而且是一个中国穆斯林，犹太人在中国到处做买卖，当一个来自北非的白人魔法师说自己是阿拉丁的伯父，阿拉丁的母亲居然就相信了。另外，这整个故事都不是《一千零一夜》的原装货，而是翻译家安托万·加朗杂取种种元素合成后的故事。

在近东和中东，古代世界的各个民族都面临着人口匮乏的问题，漫长的一千多年中，一代又一代中亚游牧部落西进南下，以军事征服领土，劫掠人口为奴。波斯、阿拉伯、奥斯曼土耳其，历代统治这块广袤土地的军事征服者都实行蓄养女奴的制度。到了奥斯曼土耳其帝国的鼎盛时期，苏丹（Sultan）后宫中的女奴人数可达几千名。据说，苏丹尤其喜欢北方的切尔卡西亚（Circassian）、格鲁吉亚（Georgian）、阿布哈西亚（Abkhasian）等族的少女。奥斯曼土耳其帝国的后宫女奴（法语的odalisque）多半充作劳役，少数貌美者或有其他特长的人有可能得到苏丹的宠爱并侍寝。19世纪前后，奥斯曼帝国渐渐衰落，当欧洲各国的殖民者重新踏上东方的土地时，长期接受基督教一夫一妻制观念的欧洲人被迷住了。harem是禁区，只能远观不能亵玩，这样的神秘感加强了中世纪以来在欧洲人心目中形成的认知，苏丹生活的荒淫豪奢，令人产生幻觉的烟草和各种巫术奇药，甚至宫闱中无所事事的女人和迷乱神秘的音乐，此间种种都令人心生好奇。历险者把旅行日记带回了欧洲。这时候，浪漫主义文艺兴起，商业写作对大众口味的追逐和引导，逃离主题对中产阶级刻板生活的反动，以及《鲁拜集》《一千零一夜》之类东方古典作品的翻译介绍，使得“东方主义”的后宫和女奴主题就此建构完成。东方主义创作引导大众口味，大众口味又影响作者的创作，这是一个相互塑造的过程。大量文

图 **7-10** 《阿拉丁在魔法花园》
（卢德威·福勒达作品）

学和美术作品以想象中的后宫为主题，成为一个互为诠释的文本系统。欧洲美术历史上的女奴（odalisque）形象，多半跟色情有瓜葛。18 世纪的法国宫廷画家布歇（Francois Boucher）画风轻浮冶艳。所绘女性外表优雅而又妩媚入骨。他有若干幅躺在软榻上的少女画像，标题分别为“休息中的少女”“躺着的少女”“女奴”等。画中人物体态、面貌大致相同，除了标题注明 odalisque 的 1745 年和 1753 年作品外，其余几幅一般认为也指涉东方情调的“女奴”。艺术家很大程度上依靠道听途说和想象力，填充、丰富华丽的内室与服饰，女性奴隶或裸体躺卧或身着东方服装。画家安格尔（1780—1867）从来没有到过东方，但他的绘画中后宫的设置，正是用来召唤情色的理想场所。后宫场景唤起许多西方人追求奢华和养尊处优的位置感。此后，越来越追求精英生活的欧洲画家对东方主义的表现进一步体现在东方建筑图案、家具、装饰艺术和纺织品上。

《天方夜谭》的插图用于有无限影响力的永恒的故事，其影响范围从歌德的诗、博尔赫斯的当代小说，到视频游戏的视觉效果和普鲁斯特的叙事。《天方夜谭》第一版中没有插画，至 18 世纪末才出现插图版本，但插图画加在进行描绘时将阿拉伯文化与欧洲文化混为一谈，画中人物穿的是欧洲服饰，宫殿陈设是欧洲家具，插画中到处充斥着欧洲建筑。在随后的几十年里，其他的艺术家同样以朦胧的手法表现异国情调。直到 1839—1841 年由民族志学者爱德华·威廉·莱恩翻译出版的《一千零一夜》中的插图才有所改观。他花了几年时间游历埃及以及阿拉伯世界，还聘请了英国著名雕刻师威廉·哈维做插图，让哈维了解埃及历史和摩尔人的建筑版画并加以复制，最终出版了较为真实、准确地反映阿拉伯风情的《一千零一夜》插画。

1885—1888 年出版的英国翻译家理查德·伯顿翻译的 16 卷本《一千零一夜》中，配有大量插图。在 1890 年，阿尔伯特·拉提佛创造了 70 幅《一千零一夜》油画，作为一个训练有素的画家，他曾在巴黎以敏锐而感性的幻想和情色，与理查德·伯顿的译文互补，阿尔伯特·拉提佛作品中的许多裸体形象充满了性感和狂野的意味。在18世纪早期，法国著名画家埃德蒙·杜拉克成功地为《天方夜谭》故事(1907)、白都兰公主（1913)、水手辛巴达，以及其他来自《天方夜谭》的故事（1914）创作插画，其作品混合了英国传统图书插图与波斯细密画的鲜明色彩和图案，还借鉴了中国和日本的艺术，完成了最令人难忘的和公认的视觉版的《天方夜谭》。丹麦画家凯·尼尔森、英国画家比亚兹莱和法国插画家埃德蒙·杜拉克都有《一千零一夜》的插画作品，他们风格独特，各具特色，值得品味。这里提供多幅法国插画家埃德蒙·杜拉克的插图作品（图7-11至图7-20）以供赏析。

图**7-11** 《阿拉伯之夜》插画之一（埃德蒙·杜拉克）

图 7-12　《阿拉伯之夜》插画之二（埃德蒙·杜拉克）

埃德蒙·杜拉克（Edmund Dulac）是法国近代著名插图画家，1882 年出生于法国南部图卢兹一个中产阶级家庭，十多岁便开始画画。作品有《瑞普·凡·温克尔》、1907 年《阿拉伯之夜（一千零一夜）》、1908 年的《莎剧暴风雨》、1909 年的《鲁拜集》、1910 年《睡美人——法国童话集》、1911 年的《安徒生童话》、1912 年的《爱伦坡诗集》、1914 年的《航海家辛巴达及其他故事》等，代表作品为《瑞普·凡·温克尔》《阿拉伯之夜（一千零一夜）》和《睡美人——法国童话集》。埃德蒙·杜拉克与亚瑟·拉克汉（Arthur Rackham）并称插画黄金时代里的并肩王。19 世纪末，欧洲印刷技术突飞猛进，到 1905 年，伦敦出版界开始大量印刷彩色插图，并能保证它们鲜艳而不失真。唯一的缺陷是，此时的插图必须印在一种添加了涂层的特殊纸张上，因此不能直接装订在书中，拉克汉 1905 年绘制的《瑞普 · 凡 · 温克尔》便是如此。插画家们不必严格限制用色，也无须把线条描得又浓又粗，套色印刷术的发展解放了画家，同时带动绘本市场空前繁荣起来。杜拉克的首个绘本便是大部头名著《简 · 爱》。1907 年，《阿拉伯之夜（一千零一夜）》的出版使得杜拉克一炮而红，丰腴绚丽的色彩、浪漫离奇的想象、奢华浓重的阿拉伯风情看得读者们如痴如醉，一时竟出现了洛阳纸贵的状况。《一千零一夜》的插图从此成为杜拉克最成功的题材，其后大卖的“航海家辛巴达”也出自此书。1908 年的《莎剧暴风雨》、1909 年的《鲁拜集》、1910 年《睡美人——法国童话集》、1911 年的《安徒生童话》、1912 年的《爱伦坡诗集》、1914 年的《航海家辛巴达及其他故事》，本本都是经典之作。杜拉克成为唯一能与拉克汉抗衡的插图画家。第一次世界大战爆发后，杜拉克开始绘制一些励志图书如《法国红十字会》，战争并没有中断画家的创作，1915 年他出版了《杜拉克插画集》，次年又有《杜拉克童话绘本》问世。1918 年推出的《霍桑童话绘本》成为他事业和人生的分水岭，这是他最后一本大获成功的图书，35 岁的杜拉克到达了事业的顶峰。战后插画市场一度萎靡，而他的绘本也再未取得骄人的成绩，从此债务缠身，陷于困顿。为了广开财路，杜拉克

图 **7-13**　《阿拉伯之夜》插画之三
（埃德蒙 · 杜拉克）

图 7-14 《阿拉伯之夜》插画之四
（埃德蒙·杜拉克）

曾涉足众多领域。1919 年他在报纸上开设漫画专栏，可惜一年后被取消；他还画肖像，为舞台剧设计服装，绘制藏书票、扑克牌，设计邮票和纸币；1924 年他开始陆续为《美国周刊》《哈泼时尚》绘制封面。更有趣的是他还作曲，20 世纪 30 年代，他为好友叶芝的诗歌谱曲，并由此引发了两人之间的矛盾，一度弄得反目，不过叶芝去世后，他不念旧恶设计了叶芝纪念碑。第二次世界大战期间，为了激励德占区人民的斗志，他应自由法国领袖戴高乐之邀，为其设计邮票。到了晚年，杜拉克重操旧业，为儿童书籍配画插图，像 1950 年的《金鸡》、1951 年的《丘比特和普赛克的婚礼》，然而它们似乎失去了往日的光彩和灵气。杜拉克最大的好处在于风格多变，《天方夜谭》的浓艳奇幻、《鲁拜集》的空灵飘逸、《法国童话》的浪漫多情、《安徒生童话》的诗意忧伤、《爱伦坡诗集》的深沉阴郁、日本传说的恬静淡远、希腊童话的原始生命力，在他画笔下一一呈现，无不丝丝入扣。

图 7-15 《阿拉伯之夜》插画之五
（埃德蒙·杜拉克）

图 7-16 《阿拉伯之夜》插画之六
（埃德蒙·杜拉克）

图 7-17　《阿拉伯之夜》插画之七（埃德蒙·杜拉克）

图 7-18　《阿拉伯之夜》插画之八（埃德蒙·杜拉克）

图 7-19 《阿拉伯之夜》插画之九（埃德蒙·杜拉克）

图 7-20 《阿拉伯之夜》插画之十（埃德蒙·杜拉克）

杜拉克的《一千零一夜》插画有波斯细密画的风格。波斯细密画是13世纪至17世纪在波斯文化圈内流行的小型画种，以历史、宗教和文学书籍的抄本插图为主。波斯细密画线条纤细，色彩艳丽，造型程式化，追求平面性和装饰性，大致相当于中国传统的工笔重彩画，在发展过程中曾受中国绘画的影响。波斯细密画画面富丽繁密，描绘精细。在处理人物与建筑的关系上与汉代画像砖有相似之处，即平面展开，把许多看不到的地方也都在一个平面展开。在表现手法上采用平面与写实画法相结合的方式，即图上是平面展开，而具体人物是写实画法。在色彩处理上，设色细腻雅致。杜拉克的《一千零一夜》学习并借鉴了波斯细密画的风格，通过他的画笔，《一千零一夜》的相关故事以浓艳、奇幻插画风格被恰如其分地细致呈现（如图7-21）。法国画家热罗姆（Gérome Léou，1829—1904）也非常热衷表现东方情调的历史绘画题材。

图 **7-21**　《一千零一夜》插画（埃德蒙·杜拉克）

阿拉伯艺术家的才智主要集中在3种形式上，即书法、植物纹样与抽象图形。其中，书法在阿拉伯艺术中拥有崇高的地位，对《古兰经》的誊抄使得书法成为敬侍真主的重要手段。伊斯兰艺术部主管希拉·堪彼说："阿拉伯书法主要用在金属制品或建筑物上，繁复的纹样常常用在纺织品和木制品上，伊斯兰皇室用品则体现着阿拉伯工艺的最高水平，无论观众有着怎样的文化背景，都会被这些艺术品天生的效用和惊人的美丽所震撼。"

阿拉伯艺术中对图案的研究和使用有极高的水准：密集的层次、繁盛的装饰、变化的节奏是其主要特征。阿拉伯装饰风格对世界其他艺术流派产生了深远影响，在西方"新艺术运动""装饰艺术运动"和抽象绘画中均不难发现阿拉伯艺术的痕迹；甚至中国唐代的陶艺也曾受到阿拉伯大写意画和图案画的影响。

丹麦画家凯·尼尔森的黄金时代适逢装饰艺术派统治西方世界。装饰艺术运动的影响不但在装饰艺术方面，而且也影响了当时建筑设计的风格，它的名字来源于1925年在巴黎举行的世界博览会。当它在20世纪20年代初成为欧洲主要的艺术风格时，在美国却并未流行，大约1928年，快到现代主义盛行的20世纪30年代前，它才在美国流行开来。ArtDeco（装饰艺术）这个词虽然创造于1925年的世界博览会，但直到20世纪60年代对其再评估时才得以广泛使用，其实践者并没有像风格统一的设计群落那样合作。Art Deco一词起源于1925年在法国巴黎举办的现代工业装饰艺术国际博览会（Exposition Internationale des Arts Decoratifs Industriels et Modernes），指的是两次世界大战期间，大约在20世纪20年代至30年代流行的一种风格。此风格不仅反映在建筑设计上，同时也影响了当时美术与应用艺术的设计格调，如家具、雕刻、衣服、珠宝与图案设计等。装饰派艺术有下列几个主要特征：（1）放射状的太阳光与喷泉形式：象征了新时代的黎明曙光。（2）摩天大楼退缩轮廓的线条：20世纪的象征物。（3）速度、力量与飞行的象征物：交通运输上的新发展。（4）几何图形：象征了机械与科技解决了我们的问题。（5）新女性的形体：透露了女人赢得了社会上的自由权利。（6）打破常规的形式：取材自爵士、短裙与短发、震撼的舞蹈等。（7）古老文化的形式：对埃及与中美洲等古老文明的想象。（8）明亮对比的色彩。“装饰艺术”运动风格在形式上受到以下几个因素的影响：（1）埃及等古代装饰风格的实用性借鉴。（2）原始艺术的影响。（3）简单的几何外形。（4）舞台艺术的影响。（5）汽车的影响。（6）美国爵士乐。（7）形成自己独特的色彩系列。装饰艺术运动的发源地是法国，它在二三十年代达到高峰，第二次世界大战爆发前开始衰弱，受到了法国独特的社会背景的影响，即法国作为欧洲重要的艺术中心之一，受到传统因素的制约强烈，再加上殖民掠夺所带来的财富等。反映出法国设计的特色——非民主化的权贵与精英主义的，资产阶级的，与民主化的政治艺术相反，形成奇特鲜明的对照，法国的装饰艺术运动涉及面非常广泛，包括家具与室内设计、陶瓷、漆器、玻璃器皿、金属制品、首饰与时装配件、绘画、海报和时装插图等设计艺术领域。在家具与室内设计方面，这时的家具受两种因素影响，产生不同风格，一种是比较注重东方的怪异的形式，另一种是约在20世纪30年代出现，受现代主义影响，注重新材料的应用。在具体的设计形式上追求单纯和简洁，但并没有像包豪斯为代表的现实主义艺术风格一样彻底抛弃装饰。在家具装饰设计上，除了经常采用贵重的材料做主体外，还经常采用青铜、象牙、磨漆等手段对家具进行处理，以增强家具的豪华程度；在室内设计上偏重采用豪华与贵重的材料，家具造型夸张、变形，利用纺织品创造豪华的、绚丽多彩的装饰品位，甚至把东方情调引入室内设计中，设计师的灵感无论是源于古老的东方，还是源于现代主义设计艺术风格，大都采用了新材料、新技术创造的新形式。体现了一种新的设计美学思想，给人以新的感受。在陶瓷器皿设计上，法国陶瓷器皿的装饰艺术风格表现在装饰纹样上，主要以人物和强烈的几何图案作为装饰特点，陶瓷的造型上受到古代埃及器物造型以及中东和远东古典文明的影响，而油彩方面则从中国的瓷器中获得启迪，特别是对中国宋代瓷器的学习模仿。漆器应用到装饰设计中，由“新艺术运动”引发的对东方艺术的迷恋同样影响到“装饰艺术运动”。设计家利用漆器来设计屏风、门、家具以及其他装饰构件，磨漆产生的细腻和光滑的效果与“装饰艺术运动”风格追求的设计艺术理念十分吻合，漆器作为装饰应用于室内设计、装饰设计中。漆器的装饰图案丰富、精细，采用埃及、日本或古典的艺术手法进行处理，显示着浓郁的东方风格。玻璃也是装饰艺术风格设计师所钟爱的表现手段，利用玻璃器皿创造复杂多样的艺术表现效果，吸收来自埃及、日本、中国等东方的艺术及古典艺术，在法国新艺术运动的影响下，设计的内容广泛，香水瓶、灯具、首饰等，色彩绚丽。造型别致，工艺与艺术水平达到了相当高的程度。在绘画与平面设计方面，成绩斐然的绘画大师、波兰出生的女画家塔玛拉·德·兰碧卡，在1924年到1939年之间创作了大量的作品，其风格独特，背景是现代环境，色彩鲜明，装饰效果独特，结构、画面华丽多彩，影响了当时许多画家的创作。装饰艺术运动时期的平面设计，是后立体主义图画现代主义。图画现代主义，崇尚立体，以直线为主，构图精练，色彩单纯，结构特别，出现非对称式构图。并运用照片拼贴、虚拟的三维立体感的形体塑造，卡桑德拉堪称法国装饰艺术运动平面设计的泰斗，同其他装饰艺术运动设计师一样受立体主义的影响，将图形和文字结合为一体，是象征性立体主义平面风格的最杰出典范，其作品称为经典。

丹麦画家凯·尼尔森（Kay Nielsen，1886—1957）是童话绘本界的比亚兹莱，是丹麦绘画界的怪杰。他被誉为对安徒生童话诠释得最贴切的丹麦插图画家。凯·尼尔森与亚瑟·拉克姆（Arthur Rackham）

和埃德蒙·杜拉克（Edmund Dulac）并称20世纪初插画艺术界的三巨头。尼尔森所画的童话故事插图，想象奇特，天马行空，似梦似幻；其笔法细腻，构图大胆，极富装饰感，这一点，明显受比亚兹莱的影响，同时不难看出日本浮世绘的影子（比亚兹莱也深受浮世绘的影响）。极具穿透力的线条则是他独有的，他的童话仙境不像拉克姆的那么阴郁，细腻而透明的色彩比杜拉克的更清澈。凯·尼尔森的《一千零一夜》插图选取了原著的众多题材，笔法大胆前卫，人物造型修长，女性以裸体形象呈现，如山鲁佐德讲故事一图（如图7-22），植物花纹绘饰体现阿拉伯装饰元素（如图7-23），又有波斯细密画的味道以及日本浮世绘的特点。浮世绘是日本江户时代（也称德川幕府时代，1603—1867）兴起的一种民间绘画，是日本文化中最具有代表性的艺术，也是日本一枝独特的民族艺术奇葩。其表现的多为当时普通百姓、武士闲暇享乐的市井生活、自然风景、仕女和戏剧。浮世绘既有彩色印刷的木版画（日语称为锦绘），也有手绘的作品。在亚洲和世界艺术中，它呈现出特异的色调与风姿，历时三百余年，影响遍及欧亚各地，具有很高的艺术价值。19世纪后半期，日本与欧洲商贸来往频繁，其艺术品通过商贸、旅游、博览会等途径大量涌向欧洲。19世纪中期开始，欧洲由日本进口茶叶，因日本茶叶的包装纸印有浮世绘版画图案，其风格也开始影响了当时的印象派画家。如日本在向欧洲出口的茶叶的包装纸印有浮世绘版画图和日本向欧洲出版艺术类的书籍，主动将自己民族的文化艺术介绍给欧洲，从而促进了西方美术界对浮世绘艺术形式的接受，浮世绘的精髓也给印象派带来了清新的空气。浮世绘风格自此在印象派中流传开来，并影响了当时的印象派画家。被西方评论家称为“全面改变西欧传统绘画的新美学”，并由此在当时的西欧产生了日本主义热潮。19世纪欧洲从古典主义到印象主义诸流派大师也无不受到此种画风的启发。

图 7-22　凯·尼尔森的《一千零一夜》插图之一
（山鲁佐德讲故事）

图 7-23　凯·尼尔森的《一千零一夜》插图之二

“浮世”本是佛教用语，泛指人间世相、社会百态；“浮世绘”所描绘的正是当时日本社会的人情世态和习俗风物，由于绘画以世俗生活中的美人画、歌舞伎演员、旅行游览风景画等为主要内容，与出世超脱相对，喻入世行乐、人生如过眼烟云之意，因此被总称为“浮世绘”。浮世绘作品线条简练概括，色彩搭配艳丽、纯粹、鲜明，构图不受空间透视和立体的约束，作品中还体现了留白、对比、平涂等许多东方绘画的技法和理念，它的这种与众不同的艺术特质，正好吻合了当时正在苦苦寻找绘画新途径的印象派画家们的渴望。印象派画家们认真研究日本艺术，从中汲取营养，并运用到自己的艺术创作中。印象主义的革命精神领袖马奈的作品色彩精练、对比鲜明，而且喜欢用大面积色彩平涂以突出主题，显然采用了浮世绘的浮雕式塑造和突出人物轮廓线的手法。梵·高也发现了日本艺术的魅力，并模仿日本浮世绘模仿创作了画作《怒放的梅花》。凯·尼尔森的作品风格是一个奇特的混合体——既有日本浮世绘版画的风格，像是大片留白、夸张变形、鲜明华丽的色彩；又隐含着许多比亚兹莱元素，像邪恶的似笑非笑的面容、狰狞的牵动的嘴角，隐秘的不轨的骚动、无力的姿态和中性的人物造型，奇异的花朵和鳞片状的装饰更是模仿得惟妙惟肖；世纪之交的新艺术运动则是影响他的第三个因素，优美流畅激动热烈的曲线在凯的插图中随处可见。

概而言之，凯·尼尔森的《一千零一夜》插图与原著情节一致，塑造了“东方美人”。这些东方美人有瘦削而修长的身材，黑而长的辫子，戴头饰而全身赤裸，一眼就可认出这就是中国人（如图7-24）。尼尔森的《一千零一夜》插图不仅对人物细致刻画，还表现人物动态犹如舞蹈动作，使得画面充满动感。再加上能标识阿拉伯装饰图案必备的边框，以植物花纹配饰，形成稳定特有的插画风格（如图7-25）。

图 7-24 凯·尼尔森的《一千零一夜》插图之三

图 7-25 凯·尼尔森的《一千零一夜》插图之四

英国画家奥布雷·文森特·比亚兹莱（Aubrey Vincent Beardsley，1872—1898）在他短暂的26年生命中为我们留下了数量可观的插图画。作为一个艺术家，他运用黑白插画创造的具有强烈装饰色彩、诡异怪诞的形象和充斥着恐慌、罪恶的情色意味的作品，使画面具有了深刻的象征主义内涵。正如鲁迅所言：“视为一个纯然的装饰性艺术家，比亚兹莱是无匹的。”然而，深刻的内涵是通过构图、线条和色彩以某种特定方式排列组合而表现出来的。比亚兹莱绘画的构成方式，有助于更深刻地理解他的绘画内涵。

图7-26 《维吉留斯：罗马女巫的奇妙故事》（奥布雷·文森特·比亚兹莱）

比亚兹莱绘画抛弃了自文艺复兴以来的传统的空间表现方式，转而用二维的平面化和装饰性的处理来表现作品。这种平面化的装饰性处理表现方式最明显的特点就是摆脱三维空间的西方传统而追求一种自律性的秩序。比亚兹莱将透视短缩法和投影几何法运用到形象的刻画和画面布局中，同时将日本的浮士绘和受东方艺术影响的极富纤弱风格的洛可可艺术融入其中，形成平面概括的形象与丰富完美的细节描写融为一体的风格，以简洁有力的大块色彩的搭配以及点、线、面的组合手法，使形象更加鲜明概括，画面更加富于装饰感。如《维吉留斯：罗马女巫的奇妙故事》（如图7-26）卷首画中，身着东方服饰的女巫呈纵向延伸的视觉效果，而女巫手中的书则形成横向延伸的线条，构成画面的主要结构线。不仅如此，比亚兹莱还在线、面的结合和曲、直的运用上创造了新的表达语境。画面明晰的黑白灰关系，优美的曲线和线、面的对比以及线条的个性，不仅准确地表达了作者的情绪，而且使画面进一步获得唯美的效果。尤其是在细节的表现上，注意到了线条的特征与心理之间的关系，并在绘画中利用线条个性来表达自己的情绪。如在《孔雀裙子》（如图7-27）中，流畅的曲线造成阴柔的画面感觉，稳定的构图与细节的动感相互衬托，点、线、面的组合和线条的疏密表现出画面的动感和丰富的内涵。尤其用东方的染织纹样在细部加以装饰，造成画面华丽、灵动的效果。

图 **7-27** 《孔雀裙子》

比亚兹莱的插图黑白对比强烈，线条高度简练、概括，绘画风格明快、流畅，受日本浮世绘的影响，具有极强的装饰性。比亚兹莱刻画的阿里巴巴的形象（如图7-28），其实就是穿着阿拉伯服饰的大腹便便的英国人。但是这个形象被广泛运用在各种商业营销上，如邮票和商品包装。“锡兰红茶 一千零一夜花果茶”就用到了这个形象，只不过不是简洁的黑白两色，而是变成了彩色服饰。除《阿里巴巴》这幅《四十大盗》封面设计外，比亚莱兹还有一幅名为《阿里巴巴在树林中》的插画，画中的阿里巴巴身材瘦小，衣衫褴褛，就是一个砍柴人。但这个形象与《一千零一夜》原著中描写的阿里巴巴极为吻合。比亚兹莱钟情于东方艺术，又处于艺术变革时代，他的《阿里巴巴》封面插图别具一格，让人印象深刻。

图7-28　比亚兹莱的“阿里巴巴”
（《四十大盗》封面设计，1897）

二、《一千零一夜》与摄影

2009年雅丝米娜·阿拉维和马可波罗·格拉共同创作完成的系列摄影作品《一千零一夜》并在纽约展出和拍卖，引起了巨大的轰动。雅丝米娜·阿拉维与马可波罗·格拉是一对夫妇，雅丝米娜·阿拉维是来自巴黎的艺术家，而她的丈夫马可波罗·格拉出生于智利，是一个纽约著名的时尚摄影师。他们一直在努力探索如何模糊光线和色彩之间的界限，力求突破传统表现手法，以全新视觉语言诠释人体之美。而创作灵感则来自阿拉伯著名的《一千零一夜》和南美洲的魔幻现实主义文学作品。许多看过他们作品的人说：作品一定是先在人体上绘画，然后再拍照，而雅丝米娜·阿拉维和马可波罗·格拉夫妇俩却不以为然，并解释说：这几乎是不可能的，那样太复杂了，模特也受不了长时间的绘画过程，真正的创作过程是首先由马可波罗·格拉拍摄黑白裸体照片。雅丝米娜·阿拉维则采用中国的水墨画材料和技法，完成复杂的水墨画稿，然后通过数字技术以及PS处理后完成。以下选取系列摄影作品《一千零一夜》中的其中6幅加以说明分析（如图7-29至图7-34）。

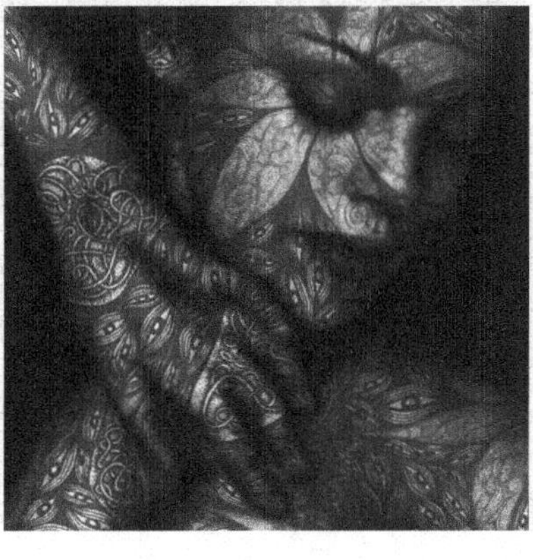

图 **7-29**
《一千零一夜》摄影作品之一

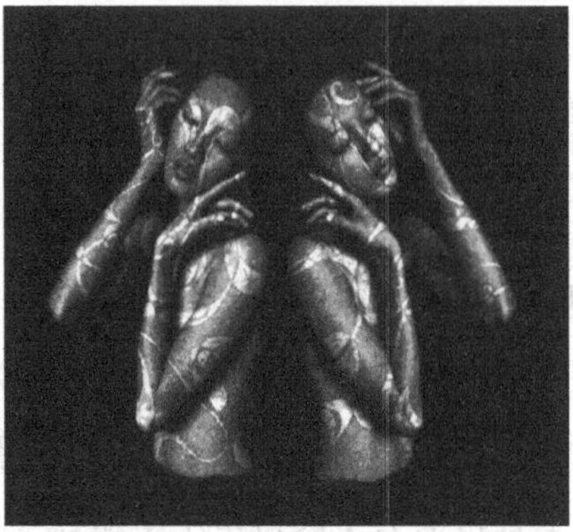

图 **7-30**

《一千零一夜》摄影作品之二

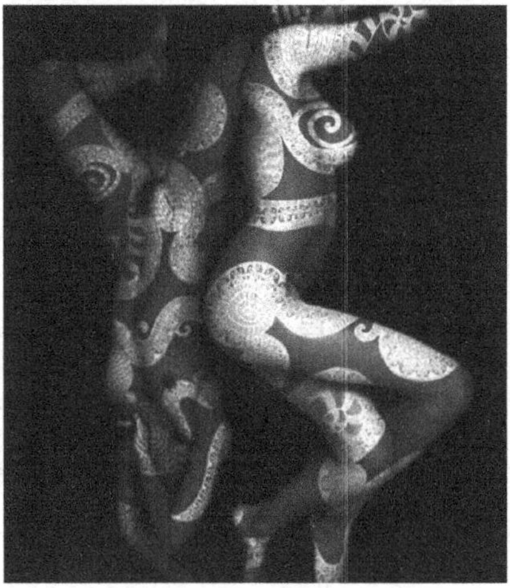

图 **7-31**

《一千零一夜》摄影作品之三

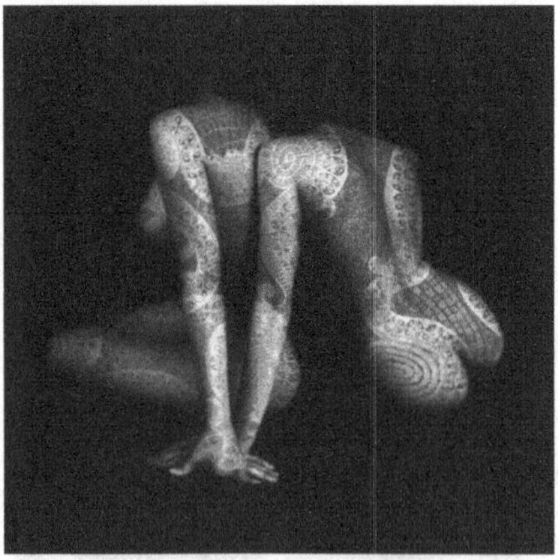

图 **7-32**

《一千零一夜》摄影作品之四

图 7-33
《一千零一夜》摄影作品之五

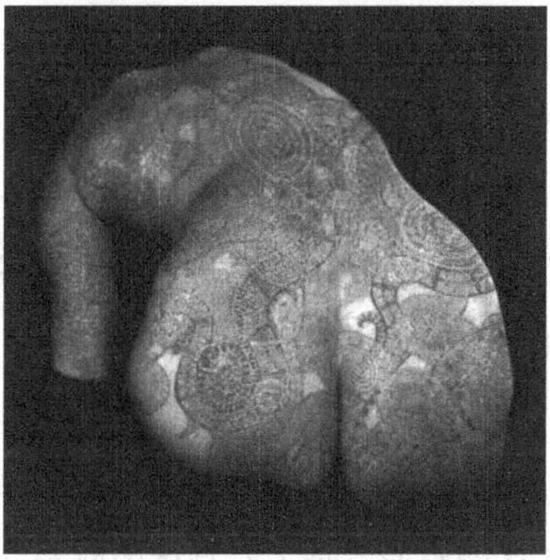

图 7-34
《一千零一夜》摄影作品之六

摄影艺术是以照相机和感光材料为工具，运用画面构图、光线、影调（或色调）等造型手段来表现主题的一门较为年轻的艺术门类。一般而言，人体彩绘摄影的流程是人体彩绘 + 摄影 + 后期数码制作，但是，雅丝米娜·阿拉维和马可波罗·格拉共同创作完成的系列摄影作品《一千零一夜》，却是摄影 + 后期数码制作完成。在构图、用光、用色和瞬间把握等方面，人体摄影有其艺术传统。西方摄影史上，在摄影术发明不久，达盖尔银版照片就有人体题材。西方摄影家构图充满画幅，单点透视，光影塑造立体的形象，讲求质感、形状、色彩。

系列摄影作品《一千零一夜》除了通光、影、色表现人体的美感外，更重要的是在制作具有阿拉伯装饰艺术特点的图案。一般说来，阿拉伯装饰艺术用作装饰的艺术图案大致可分三种类型：一是花草植物图案，以花、叶、枝为主，缠绕出数不胜数的图案，每种图案都有规律，讲究对称，也很规整，有些花叶被夸张变形，构成独特风格。二是几何图形，有圆形、椭圆形、菱形、波纹形、多边形等，或单一使用，或几种套用。集合图形内还有花草图案，这种图案也很规范。三是将阿拉伯数字用于花边装饰，这种装饰别具魅力，它不同于植物图形和集合图形的规则与对称，弯曲的字母笔画既能整齐排列，又富于变化，给人以动感。雅丝米娜·阿拉维和马可波罗·格拉共同创作完成的系列摄影作品《一千零一夜》，构图虽没有经典的阿拉伯装饰边框，但几何图形，尤其是圆形图案居多。

苏珊·桑塔格在《论摄影》一书中指出："在照片的指引下，大家都可以把一度是文学想象力独霸的东西——身体的地理——加以视觉化。"系列摄影作品《一千零一夜》通过摄影将身体绘画化与视觉化，试图营造一种梦幻的异国情调。这些摄影作品虽以《一千零一夜》命名，但摄影影像自成一个世界，一个彩绘人体的影像世界。彩绘人体的影像充满了对身体的暗示和情欲的诱惑，但大部分人物面部并无表情，加之黑色背景，色调偏冷，无形中消解了激情。

本章图片来源

[1] http：//www. wikiart. org/#

[2] http：//www. kongfz. com

[3] http：//blog. artron. net/space－39611－do－blog－id－54226. html

[4] http：//www. artron. net/

[5] http：//www. artron. net/

第 8 章 《一千零一夜》与工艺美术

一、瓷器上的《一千零一夜》

美术陶瓷是手工制作的、工艺精巧且复杂的具有艺术观赏价值的陶瓷工艺品。美术陶瓷主要包括陶瓷雕塑、颜色釉瓷器、薄胎瓷器、彩绘瓷器以及其他各种装饰陶瓷等。例如："一千零一夜"的麦森瓷器作品，是享誉国际的画师海因兹·韦尔纳教授（Heinz Werner）制作的，诸如"米巫""枝丫上的兰花""仲夏夜之梦"等作品最具人气。1969年，海因兹·韦尔纳教授以开放的画风，巧妙运用情色元素及人物的眼神，来重新诠释《一千零一夜》。作品中挥洒自如的水彩画技法，加上千变万化的彩绘主题，使《一千零一夜》以独特的彩绘美学与无穷无尽的想象空间，超越瓷器的范畴而成为极具价值的艺术品。rossed Swords 蓝剑交锋为梅森的标志。这个以德国小镇为名，以当年萨克森公国国徽为标志的品牌，已成为全球高级瓷器的象征。

图 **8-1** 海因兹·韦尔纳瓷器作品之一

1974 年，海因兹·威尔纳（Heinz Werner）彩绘了“一千零一夜”（Arabian Nights）图案，这组珍贵的瓷器彩绘主题，不仅延续了传统，同时也开启了新的方向。因为这个以人物为主的图案，典雅浪漫又充满想象力，最大的特色是人物姿态生动丰富，背景还详细地描绘东方世界的屋舍、摆设或秀丽风景。

早在 13 世纪，欧洲贵族就对中国瓷器视若珍宝。据记载，当时萨克森公国选帝侯奥古斯特大帝曾用一队骑兵和波斯商人换过 48 件中国瓷花瓶。但奥古斯特大帝并不满足把瓷器当艺术品收藏。他找来一名叫贝特格的化学家，让其仿制中国瓷器。经过无数次试验，贝特格终于解开了中国瓷器的秘密。1708 年一个寒冷的冬天，他成功烧制出一种白而透明的瓷。1710 年“Meissen 梅森”瓷器制造厂成立。之后相当长一段时期内，整个欧洲瓷器制造业都受“Meissen 梅森”瓷器风格的影响。欧洲第一名瓷——德国“Meissen 梅森”是全欧洲最早成立的陶瓷厂，也是全世界最佳的瓷器制造商，被称作瓷器界的劳斯莱斯。从萨克森公国时代至今，“Meissen 梅森”瓷器始终是欧洲王室、明星和政治家追逐的对象，其价格一直贵如黄金。“Meissen 梅森”瓷器从诞生以来，每一种产品的石膏模具都保存着，共 17.5 万个。现在随时都可以再生产出同二三百年前一模一样的产品。3000 种图案也一个不少地保存着。“Meissen 梅森”瓷器不仅是商品，同时也是德国宝贵的文化遗产。

《一千零一夜》（如图 8-2）手绘镂空大盘，以梅森“大剪裁”的样式、镂空的花饰边缘浮雕，配上华丽的“金色帷幔”金饰来为盘中的故事拉开序幕。描绘故事主题的盘中，苏丹王拥抱着他心爱的妃子，乘着魔毯飞翔于夜空中，苏丹王华贵的金饰冠冕与服饰和金色帷幔相互呼应，在一弯明月下的点缀下更加光彩夺目。美丽的妃子穿着透明镂空的金缕衣裳，体态丰腴动人，黑色长发飘扬，加上美丽的肤色及裸露的胸部，这些都为《一千零一夜》的情色美学做了一个完美的注解。两人在浪漫夜空下拥抱的沉醉眼神，仿佛时光因此凝结，一千零一夜延续到永远（其他《一千零一夜》瓷器作品，如图 8-3 至图 8-7）。

图 **8-2**　《一千零一夜》手绘镂空大盘

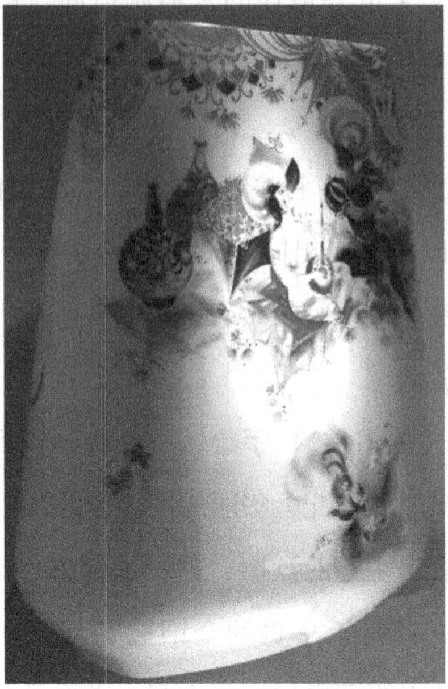

图 **8-3**　《一千零一夜》花瓶

图 **8-4**　《一千零一夜》咖啡具套装（釉上绘画）

图 **8-5**　《一千零一夜》花瓶和八角碟

图 **8-6**　《一千零一夜》创意台面花瓶（釉上绘画）

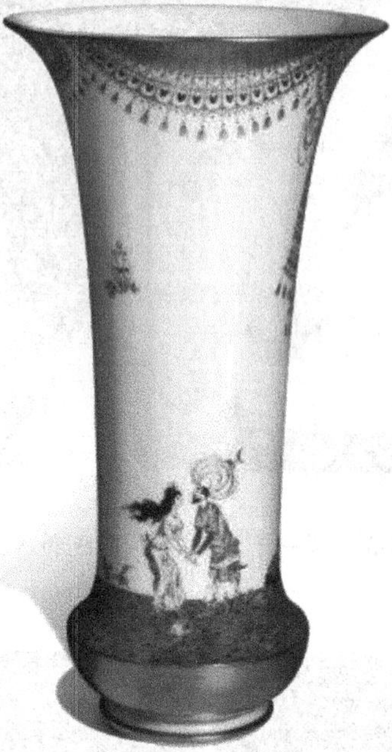

图 **8-7**　《一千零一夜》花瓶（釉上绘画）

二、丝巾上的《一千零一夜》

爱马仕出产的这款“一千零一夜”方巾（如图 8-8）上织图案的灵感源于埃及法蒂玛王朝的两扇精美大门（两扇大门分别藏于埃及开罗博物馆和美国纽约艺术博物馆），四角点缀的门环图案则象征着通往东方波斯、叙利亚、埃及和马格里布的大门。尤其是丝巾中央的人物图案，表明与《一千零一夜》的某种微妙联系。爱马仕（Hermès）是世界著名的奢侈品品牌，总店位于法国巴黎，分店遍布世界各地；1837 年由 Thierry Hermès 创立，早年以制造高级马具起家，已有多年的历史。

图 8-8 “一千零一夜”方巾（爱马仕）

芬兰优雅配饰品牌 MARJA KURKI（玛丽亚·古琦）由创始人 Marja Kurki 于 1976 年在赫尔辛基创立，Marja Kurki 女士以独特的色彩领悟力将这份与塑造优雅有关的美丽事业发展成为一个国际品牌。这款与《一千零一夜》有关的 MARJA KURKI（玛丽亚·古琦）阿拉伯之夜系列粉红色异域风情女士丝巾（如图 8-9），是在芬兰设计的，由韩国生产，为设计师 Annie Faivre 设计。

图 8-9 阿拉伯之夜系列粉红色丝巾

除了女士用品外，男士所用的丝织品中也有与《一千零一夜》相关的设计，就如图 8-10 中的真丝领带，桑蚕丝面料上绣着佩斯利纹样，这种图案起源于古巴比伦，后为波斯、印度大量使用。

图 **8-10**　“一千零一夜”佩斯利纹领带

阿拉伯之夜重磅真丝斜纹大方巾（图 8-11）是一款真正手工台版印刷，手工反卷边，做工严格、精细顶级纺织斜纹工艺，造型挺括，进行了高级定制精细手工卷边，最新超重磅复刻。配色依然保持欧洲经典皇室紫色，图案细腻生动，一线奢华品质，重磅级别，表现出重磅斜纹丝巾的刚柔相济，在光影下，线条与面的力度及柔美被表现得淋漓尽致，彰显高贵气质。

《一千零一夜》的名称和其中的故事不仅被艺术家反复使用，各种商业品牌也广泛应用《一千零一夜》，如世界各国的“一千零一夜”邮票，奥莎迪“一千零一夜”丰胸按摩油，爱慕“一千零一夜”男士香水，德国啤酒弗伦斯堡“一千零一夜”啤酒，“一千零一夜”时装及主题时装发布会，穆阿瓦德“一千零一夜”钻石手包，都彭“一千零一夜”打火机，印度仿古阿拉丁神灯、“一千零一夜”公主情结钟表等，这表明《一千零一夜》不仅具有艺术价值，还潜藏着无限的商业价值。

图 8-11　法国设计紫色系复刻阿拉伯之夜真丝披肩

本章图片来源

[1] http：//china. zwbk. org

结　语

通过对《一千零一夜》西方艺术改编的梳理，不难看出，《一千零一夜》具有强大的生命力和永恒的艺术价值。但是，在诸种西方关于《一千零一夜》改编的艺术文本中弥漫着一种普遍的陈词滥调，即《一千零一夜》艺术改编中的东方主义现象和事实：如后宫文化、王后、女奴、浴场浴室、虚拟想象、东方题材、东方热、东方情调、猎奇猎艳、色情、神秘等关键词。德里克·斯考特（Derek B. Scott）提出一个观点：西方音乐中的东方主义实际上是一种“钝器”（a blunt tool）。这类音响，尽管并不能让聆听者据此精确甄别想象中的东方地域（在这个“东方”语境中，印度和中国没有区别），却因自身浓郁的异域特质（exotic）而明确标识出“大写的他者”（Other）。斯考特根据音乐文化功能的差异性，通过详细观察，归纳出了关于东方主义符指（signifiers）的音乐特征：全音程，伊奥尼亚调式，多利亚调式，尤其是弗里吉亚自然调式；增二度、增四度音程（尤其是利迪亚混合自然调式）；阿拉伯风格曲和装饰性线条；滑音或波浪形的半音阶；颤音，以及不和谐的花音；带“Ah!”的装饰音的声乐段落；急速的音阶式经过句；旋律突然转变为较短的时值；富于浪漫幻想的突兀并置、牧歌式的抒情音调，以及眼花缭乱、生机勃勃的急速音群；重复性的节奏，重复性涡卷线状旋律；固定低音；自由乐段（colla parte，senza tempo，等等）；二拍子的三连音运用；复合节奏或不规整的节奏；平行四度、五度或八度进行（尤其是在木管乐器之中）；空五度；

低音持续音和踏板音；“魔幻”或“神秘”和弦（时长或者和声方向方面的不确定感）；竖琴式琶音和滑音（里姆斯基·柯萨科夫改变了竖琴原本所具有的神秘的东方情调的内涵）；双簧乐器（双簧管和英国管）；打击乐（尤其是铃鼓、三角铁、铙和锣）；无调性打击乐器（比如鼓、铃鼓和三角铁）。

在18世纪的音乐世界，最为引人注目的东方主义杰作当属莫扎特的两部歌剧：一部是未完成的《扎伊德》（Zaide），另一部是世俗性的《后宫诱逃》（Die Entfuhrung aus dem Serail）。《后宫诱逃》于1782年问世，奥斯曼帝国对于邻国的地理政治霸权已日渐凋敝，它在中欧的影响力更多地体现在日常生活的细枝末节中——比如土耳其人的咖啡馆，土耳其军乐队和土耳其浴。此时土耳其的异国情调已转化为在感知层面上的古色古香；由此一来，土耳其与欧洲的差别，绝对不会比奥地利和德国，以及后来的斯拉夫与东方之间的差别更大。“土耳其音乐”以五花八门的面目出现在18世纪后半叶。随便摘引个中音乐样式，无论如何短小，必使人遥想起域外风光与神秘莫测的土耳其：残暴专横的苏丹王和巴夏领主，肌肉发达的阉人，烟雾缭绕的小餐馆中的“旋转舞”（whirling dervishes）、肚皮舞男（koceks）与王公贵胄的幽会，嗜血成性的军官令使士兵屠杀异教徒等。莫扎特的《后宫诱逃》、威尔第的《阿依达》、比才的《卡门》、里姆斯基·柯萨科夫《舍赫拉查德》以及理查德·施特拉斯《莎乐美》，这些音乐作品的文化主题其实都具有某种程度的东方主义修辞。

不仅西方音乐中表现出傲慢的东方主义，绘画也是如此。西方的东方题材绘画在19世纪的欧洲伴随着殖民拓展盛行起来，一时间追寻东方女性闺房生活的图像成为时尚。后宫闺房题材作为其中最具有争议的一类图像，将女性的形象主观性呈现，把对东方题材绘画的研究推向了前沿。在视觉艺术领域里，后宫闺房图像成为暗含色情的裸体绘画的借口，女奴成为异国情调和色情绘画的象征。19世纪绘画大师安格尔的画作具有浓郁的东方趣味。日本浮世绘影响了诸如马蒂斯、梵高、毕沙罗、莫奈、毕加索与劳特累克等的印象主义绘画。克里姆特对色彩强烈、线条明快的中国年画和朝鲜民间绘画产生浓厚兴趣；惠斯勒把自己的住所装饰成日本风格。后宫、浴室、女奴成为西方画家热衷表现传统题材。18世纪中期，东方后宫主题赖以建构的视觉资源不足，布歇虽以异国情调的女奴名之，然而形象却更接近于学院人体习作（académies）中的希腊水中仙女，如涅瑞伊得斯（Nereids）和那伊阿得（naiads）之类。画面中唯一有关东方的设置是一个波斯式样的香炉。布歇的这几幅画作是典型的洛可可风格，其特征同稍后安格尔所画的女奴可作比较。布歇的作品线条繁复曲折，安格尔的则生硬简洁。布歇的人体温暖而柔软，躺在大堆的布料当中，恰如一个君王的“玩物”；安格尔的人体相对画面比例较大，肌体有如大理石般冷硬，尤其人体腰脊较长，似乎多了几节脊椎，同古典人体比例原则大相径庭，倒有一点像16世纪矫饰主义风格的帕米贾尼诺（Parmigianino）。同布歇相比，安格尔的布料色调较冷，略有金属质感，折叠僵硬，织物占据画面较少，人体同织物的比例相对较大。显然宫廷画家布歇的处理更多色情意味，安格尔则明显带有法国大革命期间的清教徒色彩。这个时期东方游记的出版以及浪漫主义东方作品的盛行，给美术提供了大量资料，以后宫女奴为主题的绘画在素材上日益丰富。比如安格尔就在阅读了驻土耳其大使夫人玛丽·伍特蕾·蒙塔古的东方记游书信集以后，创作出一组后宫浴女图。德拉克洛瓦也以拜伦的诗作情节为主题创作了许多东方题材的画作，比如1827的《沙达纳帕路斯之死》。

1825年德拉克洛瓦创作了一幅“躺在睡榻上的女奴”（Odalisque étendue sur un divan），画面中运用大量体现东方色彩的元素，对于harem/odalisque绘画母题的确立具有开创性的意义。虽然画中模特的容貌仍然像一名巴黎女子，然而她所戴的项圈、手镯、脚镯明显带有

“东方”特征，卧榻旁边放着一只水烟筒，narghilé 这个法语词汇源于波斯或印度，在西方人的想象中，烟具和印度大麻（hashish）都是后宫的典型道具。画面底部与床榻方向交叉摆放着一把带鞘的土耳其弯刀（yataghan），好像切入画面一般。德拉克洛瓦常常将男性暴力（或其象征元素）与女性胴体并置，比如上面提到的“沙达纳帕路斯之死”，似乎这里有某种另类色情意味。有名的“自由带领人民”也在如火如荼的革命战争场面里放上一个半裸女性，革命与意淫相互交织，做成了一幅传世名画。

画中女性胴体同样与古典人体美学有所不同，其纺锤形的身体似乎有着明显的“东方”趣味，托卡皮皇宫博物馆（Topkapi Palace Museum）中收藏的这幅 1742 年土耳其作品。德拉克洛瓦在处理织物折痕和人体肌理时不注重细节，大号画笔下笔触放纵，营造出一种迷醉气氛。画中女人肌体松弛嘴唇微开，眼神迷蒙地朝着观众方向看来，显得慵懒而又诱惑，德拉克洛瓦给 harem/odalisque 绘画在感官上定下基调。安格尔于 1842 年画了一幅“宫女与奴仆”（Odalisque à l‘esclave）。这幅后宫画也比以前有了更多的东方元素：背景上黑人太监以及女乐师手里的土耳其长颈鲁特琴、建筑样式图案、水烟筒，构成一幅想象中东方后宫的奢靡图景。在东方的后宫主题绘画领域里，纪尧姆（Jean-Léon Gérome）是一个重要的实证派代表人物。1854 年纪尧姆游历土耳其，1857 年他又跑到埃及。凭借游历观察和细节研究，纪尧姆画了大量的东方题材作品，其中包括大量以后宫和女奴为主题的画作。纪尧姆 1866 年描绘的女奴市场（Marché aux esclaves）图景。纪尧姆对东方的“窥视暴露”想象无微不至，凡是禁区他都不放过，洗浴女奴和土耳其浴室也是他喜欢的一个主题。让·莱昂·热罗姆（Jean-Leon Gerome，1824—1904）是法国 19 世纪学院派的著名油画家和雕塑家，其《后宫露台》（如图 1）描绘了阿拉伯王宫最隐秘的后宫生活。

图1 《后宫露台》（让·莱昂·热罗姆，油画）

印象派马奈（Manet Edouard）的《奥林比亚》（Olympia）于1865年在沙龙展出后，立即引起一场震动，这幅作品的灵感显然来源于后宫画的女奴主题。20世纪以后，后宫视觉图景在美术方面的发展可以马蒂斯（Henri Matisse）为代表，马蒂斯画了很多以后宫 odalisque 为标题的作品（如图2、图3），大都色彩热烈，人物线条肉感，加以装饰风格的背景，具有很强的感官刺激性。

图2 《摩尔屏风前的年轻女子》（马蒂斯）

图 **3** 《黑色椅子上的宫女》（马蒂斯）

毕加索也有名为《后宫》（The Harem）（如图 4）的画作，此画创作于 1906 年，画面中男女混浴，色彩单一，注重写实。

图 **4** 《后宫》（毕加索，**1906** 年）

19 世纪中期以后，出现了摄影技术，影像的传播方式彻底改变。布景摄影的应用使后宫图景更为大众所熟悉，如罗杰芬顿的摄影作品。罗杰·芬顿（Roger Fenton，1819—1869）是英国著名的摄影家。他曾在 19 世纪 40 年代，相继师从皇家学院的查尔·斯卢西（Charles Lu-cy）和巴黎浪漫主义画家保尔·德拉罗什（PaulDe-laroche）。1851 年，芬顿再度做出重大抉择，从绘画转向摄影。1852 年他就成了俄国克里姆林宫雇用的第一位摄影师，1853 年又得到大不列颠博物馆的邀请，请他拍摄一批写实照片。他还涉足风景和建筑摄影领域，很快引起了英国维多利亚女王和艾伯特亲王的注意。在艾伯特亲王的帮助下，芬顿被派去拍摄克里米亚战争的“写实照片”（documentaryPictures）。

唤起东方神秘的图像一直是欧洲绘画史上一个特殊的灵感源泉。从文艺复兴时期威尼斯的描写，到 19 世纪保罗·克利、德拉克洛瓦、毕加索、康定斯基等的绘画，都充斥着后宫形象和东方幻想。后宫 harem 这个词汇最早出现在 13 世纪中叶的英语文献。1611 年编定的英王钦定翻译本（King James Version）《圣经》中却没有出现这个词汇。《以斯帖记》中后来被译为 harem 的地方，钦定本直译为“女人的屋子”。就《旧约》最初的古希伯来语和阿拉伯语文本来说，希伯来语原字的实际意思就是“房子”“妻妾”“女人”“雌性动物”之意。总之没有与后宫相对应的词汇，用 harem 来翻译实际上是有一点误用的。然而因为浪漫主义东方故事的盛行，到了 19 世纪中叶，harem 这个词已被普遍接受，钦定版第五版修订后，《以斯帖记》（Esther）和《传道书》（Ecclesiastes）中出现了 harem 这个来源于伊斯兰世界的词汇。

除后宫成为西方艺术家表现阿拉伯文化的题材外，女奴也是《一千零一夜》常见的题材，也成为西方艺术家表现阿拉伯文化的又一主题。早在公元 7 世纪下半叶，阿拉伯帝国商人就开始以驯化的骆驼为交通工具穿越撒哈拉沙漠及其以南的西非国家做生意，同时传播伊斯兰教，运回来的“货物”中有大量黑奴。他们很多是以十五六个人和一匹马做交换被贩卖的。这些黑奴很多被阉割后留在阿拉伯的后宫劳作。女奴是中世纪阿拉伯世界的一个独特而重要的文化现象。在阿拉伯人对外扩张过程中，被征服者当作奴隶的人中女奴占有相当的数量。大批女子被送入宫廷，经训练后成为歌女。阿拉伯奴隶贩子手中的年轻女性很受欢迎，她们大多是被买来当作小妾或者当作性奴。西方的绘画家如法国的让·莱昂·热罗姆（其作品如图5）、意大利的朱利奥·罗萨蒂（其作品如图6）、波兰的斯坦尼斯拉斯·冯·赫洛博斯基（其作品如图7）以及意大利的埃托雷·切尔科内（其作品如图8）等，他们以写实的手法再现了中世纪阿拉伯社会业已存在的女奴的历史图像。

图5 《拍卖奴隶》（让·莱昂·热罗姆，布面油画）

图 **6** 《审察新来的女子》（朱利奥·罗萨蒂，布面油画）

图 **7** 《女奴的买卖》

（斯坦尼斯拉斯·冯·赫洛博斯基，**1879** 年，布面油画）

图 8 《查验女奴》（埃托雷·切尔科内，1890 年，布面油画）

18 世纪初，法国东方学家安托万·加朗翻译了一部叙利亚《一千零一夜》的手稿，同时夹带了他自己的文学创作，《一千零一夜》第一次传入欧洲。在一个流行童话的年代，来自东方阿拉伯的故事从贵族沙龙走向全民，它还在欧洲社会掀起了阿拉伯文化热，人们从穿着打扮到家装、肖像画、饮食等方面纷纷模仿阿拉伯样式，这成为一种社会潮流和时尚。洗澡被誉为温度与时间的艺术。但是，真正把洗澡变成艺术的是西方艺术家。19 世纪的一些知名的旅行家当中不乏优秀的画家，他们发现了阿拉伯浴或摩尔浴的无限快乐，能在香汤中泡掉无聊的时光，于是便将其搬上了画布中。异国情调的沐浴景象，给画家提供了新的想象空间和创作源泉，法国画家让·莱昂·热罗姆，即是 19 世纪表现东方后宫洗浴绘画的佼佼者。他的画作如《沐浴的摩尔人》《后宫露台》，以及安格尔的《土耳其浴室》等都是表现东方情调的沐浴景象的杰作。西方艺术家关注阿拉伯具有吸引力的一面如闺房、浴场、面纱等，东方女性被描绘得放荡、被动且颇具异域风情。《一千零一夜》是一部满足了西方人想象欲的大作，它似乎证实了这样一个“东方”：色情、暴力、盲信、堕落。它成为大部分欧洲人对东方第一印象的来源，满足了他们对异域的好奇心和窥视欲。

本章参考文献

[1]《镜中的土耳其：东方主义与海顿弦乐四重奏“五度”》http：//www. xzbu. com/7/view－4936124. htm。

本章图片来源

[1] http：//blog. sina. com. cn/s/blog_ 486b7a01010002px. html

附录一

《一千零一夜》中“病例”故事的个案分析

讲故事能治病，在《一千零一夜》全书的引子或整个框架故事中已为人所知。山鲁佐德用讲故事的方式阻止并治愈了山鲁亚尔的偏执心理疾患——厌女症。讲故事疏导心理障碍进而治病，这种类似精神分析学中的“精神疗法”或“谈话疗法”，是通过作者与读者之间构拟的文学世界来实现的，而不仅仅是在医生与患者之间通过语言交流来达成。这种现象至少说明一个事实，那就是早在精神分析学说产生以前，就存在着“文学疗法”。其实，《一千零一夜》中还有两个讲述治疗精神或心理疾病的“病例”故事：一个是《一千零一夜》第2卷《叔尔康、臧吾·马康仲昆和鲁谟宗、孔马康叔侄的故事》中插入的“塔智·木鲁可和朵尼娅的故事”；另一个是第5卷《艾尔德施尔和哈娅图·努夫丝的故事》。上述两个故事名字不同，情节则完全相似，可以用精神分析学的某些原理进行个案分析。

一、病因：源自梦境

《一千零一夜》第5卷《艾尔德施尔和哈娅图·努夫丝的故事》中，努夫丝公主因梦而怨恨男人拒不结婚。书中由公主的乳娘这样转述其梦境："……有一天夜里，公主在梦中看见自己去逛花园，见一个猎人张网捕雀，把谷粒撒在罗网周围，然后远远地躲起来，等着雀鸟落网。不多一会儿，一群鸟飞来啄食谷粒，其中有一只雄鸟陷入罗网，无法挣脱，群鸟为之落荒飞散，连它的雌鸟也在逃遁之列。但不多一会儿，那只雌鸟又飞转来，不停地用嘴啄缠在雄鸟脚爪上的那个网眼，终于啄断了网线，救出雄鸟，然后双双飞去。当时猎人打瞌睡，不曾发觉雄鸟落网，待他醒来，见网眼被啄破，只好修理一番，然后换个地方，另行张网，并撒下谷粒，这才坐在较远的地方等着捕鸟。不多一会儿，一群雀鸟飞来啄食谷粒，当中有前次落网被救的那只雄鸟和它的雌伴，而此次陷在罗网中的，恰巧是那只雌鸟。它的遭遇吓得它的雄伴跟随群鸟一起展翅飞逃，只剩下它在罗网中挣扎，眼睁睁等着它的雄伴前来救援，可是始终不见它的踪影。猎人打了好一阵瞌睡醒来，见一只雌鸟落在网中，便捉住它，把它给宰了。"[1]故事主角努夫丝公主从这一梦境中醒来，吃惊地认为：人类的男女关系也像飞禽一样。故而诅咒男子，拒不结婚。

为何努夫丝会把梦中的情景类比转换成现实的情形呢？弗洛伊德在他的《精神分析引论》一书中指出："我们可以把梦的元素与对梦的解释的固定关系，称之为一种象征的关系，而梦的元素本身就是梦的隐意的象征，你们当记得我们以前研究梦的元素与其隐意的关系时，我曾举出三种关系：（1）以部分代替全体，（2）暗喻，（3）意向。"[2]在这个故事里，努夫丝自己已经完成了释梦的工作，她把梦的原意转换成了梦的暗喻，即用禽类的雌雄关系或两性关系象征、比拟或暗喻、代替人类的两性关系。这种象征性的解释，其中的共同因素或公比（the tertium comparationis）是性。弗洛伊德认为，梦中的大多数象征都是性的象征。故事中努夫丝的性梦，象征了性在男女关系上的紧张、矛盾和冲突。性的紧张关系转移到了梦里，努夫丝才会有现实与梦境中人与禽的转移。精神分析学的原理中，梦的工作中就有

“移置”作用（displacement）。它有两种方式：“（一）一个隐念的元素不以自己的一部分为代表，而以较无关系的他事相替代，其性质略近于暗喻；（二）其重点由一重要的元素，移置于另一个不重要的元素之上，梦的重心既被推移，于是梦就似乎呈现了异样的形态。”[3] 梦境中雌鸟的情深义重和雄鸟的背信弃义，属于情感的范畴，却被转移到人类社会中的女性和男性的情感世界。弗洛伊德说：梦事中不快的情感被移置了，内容和情感表现出了不协调。现实中男女两性的冲突无法解决，只能在梦中通过幻想的形式使不快无奈的情感得以宣泄和满足。弗洛伊德说过：“所以在梦的工作进行时，梦念中不快的内容化为欲望的满足，而其不快的情感则始终不变。”[4] “梦有两个主要的特性，即愿望的满足和幻觉的经验。”[5] 如果梦是欲望的满足，那么在梦中感到不快的人，欲望是无法满足的。这样的梦在精神分析学上称之为“焦虑的梦”（anxiety dreams）。梦，尤其是焦虑的梦，和精神疾病的现象有着密切的关系。故事里努夫丝对男性的厌恶、憎恨，是一种精神心理疾患或精神障碍，一种或许可以叫作“厌男自闭症”的精神心理疾病。她的疾病缘于焦虑，焦虑源自梦境。这一切则主要由于性的节制所致。性的节制，使性本能（sex-insticts）受到自我本能（ego-instincts）的压抑，无法宣泄排遣，从而对性产生厌恶、焦虑、恐惧等精神病的症候。有关努夫丝的故事中没有交代她的实际年龄，仅交代她到了结婚的年龄，也无从得知她幼时相关的性经验。但中世纪阿拉伯社会有普遍早婚的习惯，由此推断，努夫丝应在青春期，她的焦虑为青春期的性焦虑。弗洛伊德曾指出：“……青春期和停经期，里比多的分量异常增加，对于焦虑便不能没有影响。”[6] 弗氏还提示人们，应特别注意精神病人在儿童期内发生的具有特殊意义的事件，如“（一）对父母性交的窥视，（二）为成人所引诱，（三）对于阉割的恐怖”[7]。据此推想，努夫丝幼时性的经验可能与“窥视”“引诱”和“阉割”相关。这些原始的幻念被压抑、禁止和恐吓而隐藏于潜意识世界，等到青春期来临，便浮现于梦境，从而致使她患上了“厌男自闭症”。

二、治疗：梦境还原为视象及修改梦境

在《一千零一夜》的故事中，努夫丝公主最终嫁给了艾尔德施尔王子。但她是如何排除因梦而患上的精神疾病的呢？艾尔德施尔起初想通过书信向努夫丝强行求爱，但终告失败。于是，从努夫丝身边的人了解到她怨恨男子是因梦所致，就向宰相求助，两人潜入花园，宰相施计在园中绘出努夫丝梦中的“捕鸟图”，努夫丝游园，观图后幡然醒悟，与艾尔德施尔成婚。故事中有人向努夫丝转述了经修改的“捕鸟图”：“小姐，向安拉起誓，这是一幅捕鸟图，上面画着猎人、罗网和在梦中所见的各种情景。原来那只雄鸟飞遁之后，不曾转来营救它的雌伴，这当中是有缘故的。因为从画面上，我看见它落在一只猛禽的爪中，被撕破皮肉，连血带肉都叫猛禽给啄食了。”[8]从故事里可以看出，努夫丝排除精神障碍、消除“厌男自闭症”，全靠了“捕鸟图”。这个病例故事提供了治疗精神疾患的过程，即（1）准确、完整、清晰地叙述梦境；（2）画出、还原并修改梦境中导致患者精神障碍的偏执内容；（3）因梦而病的患者观图，产生联想，并辅以他人的解释劝告，主动纠正心理偏执。故事同时也显示了治疗精神疾患的两种方法：其一，把梦境视象化，用图画真实再现梦境；其二，有意识地补充、修改梦境产生精神障碍的内容。《精神分析学引论》一书指出：“……梦中大部分的经历为视象；虽然混有感情、思想及他种感觉，但总以视象为主要成分。述梦的困难在于要把这些意象译成语言。做梦的人常对我们说：‘我能把它画出来，就是不知道如何把它讲出来。’”[9]梦的明晰程度、意象的多寡以及记忆的时限等都影响梦的视

象化。精神分析学家把梦视象化看成是“将思想变为视象”的“梦的工作”[10]，他们不认为这是一种治疗方法，而认为是梦的主要特性。弗洛伊德用类比说明视象化的困难，他说：“可设想你们现在要绘图说明报纸中一篇政论文，须尽量将文字改成图画。文中所有具体的人和物都不难用图画代表，而且可以代表得更完满；但是假使你们要将一切抽象的文字改成图画，以及将指示各种思想关系的词语如关系词、连接词等一概变为图画，则其困难马上就会发生。”[11]精神分析学家认为梦的视象化很难用图示加以替换，而故事中的人却做到了，可能的原因是努夫丝的梦中意象简单、清晰，梦的记忆完整。但故事中显示的疗法和精神分析学的根本区别在于，精神分析学所采用的治疗方法是所谓的“精神疗法”。即借助催眠、暗示、移情和谈话等手段来达到治愈的目的。尤以谈话为主，因而这种治疗方法被称为“谈疗法”或“谈话疗法”。其治疗的核心思想有两个方面：“第一，迫使里比多离开症候，而集中于移情作用；第二，极力进攻移情作用而恢复里比多的自由。”[12]前文提及，《一千零一夜》中山鲁佐德治愈国王山鲁亚尔的精神疾患就采用了“谈话（讲故事）疗法”。通过讲故事，转移国王的精神视线，让其将注意力集中于精彩又虚幻的文学世界，经历一千零一夜的漫长时间，使其摆脱症候，恢复常态，这个治疗过程既是山鲁亚尔国王的里比多重获自由的过程，又是《一千零一夜》文学语言与情节的编排过程。而努夫丝精神疾患的治疗，则采取一种可以称为“梦境修正重现法”的治疗方法。它主要借助绘画、解释和劝告等手段，达到了治愈精神疾病的目的。

三、启示：文学疗法

《一千零一夜》中至少有三则与治疗有关的病例故事，分别是山鲁亚尔的故事、努夫丝的故事和朵尼娅的故事。此外，《一千零一夜》

的“姊妹篇”——《一千零一日》全书的“引子”或整体的框架故事，也讲述赛阿黛公主因梦而怨恨男子，患上了“厌男自闭症”，立志终身不嫁。她的梦是这样的：“公羚羊身陷猎人布下的罗网，它的同伴母羚羊立即飞奔过去，在猎人动手捕捉公羚羊之前把它救了出来。时隔不久，母羚羊也陷入了猎人的罗网，它马上向公羚羊求救，公羚羊却不肯救它，丢下它逃之夭夭。”[13]此后，她便认为天下男子无不奸诈、自私、背信弃义，故对求婚者一概拒绝。赛阿黛的保姆毛姬·巴赫尔花了一千零一日的时间，给公主讲了许多奇妙精彩的故事，终于驱除了她心中对男子的憎恶与仇恨，使她同意出嫁。这则故事和《一千零一夜》中山鲁亚尔的故事一样，都是采用“讲故事”的治疗方法来治愈患者精神疾病的“病例”故事。这些“病例”故事表明，阿拉伯文学自中古以来就有用讲故事治疗精神疾病的传统。《一千零一夜》中的“病例”故事为我们提供了两种治愈精神疾病的方法，即“讲故事疗法”和“梦境修正重现法”。作为语言艺术的文学和音乐艺术一样，都有某种治病的功效，采用音乐治病叫“乐疗”。德国学者波兰特指出：“医学在德语里有一种古老的表达，叫作‘治愈艺术’（Heilkunst）。……如圣经故事中的大卫弹奏齐特尔琴，为生病的国王扫罗驱除郁闷。”[14]如果可以类比，那就存在着和“乐疗”一样的“文学疗法”。事实上，除《一千零一夜》外，东方印度古典梵语文学和诗学中就有借助文学治病的例证。如《阿达婆吠陀》里的咒语诗就有祛痰治病的功效。印度古典梵语诗学著作《诗光》有这样的话：“祛除灾患是像摩由罗等人对于太阳神等等那样……”[15]金克木先生注释：传说摩由罗患病，作诗百首歌颂太阳神，因而病愈。这样的文学病例说明，不仅阅读欣赏文学对病患有治疗作用，而且进行文学创作也可以治病。古希腊亚里士多德的《诗学》中悲剧的艺术效果——净化，即卡塔西斯一词，既是一个医学术语，又是一个美学术语。所有这些事实都表明了文学艺术和医学自古以来就存在着基本的、本质上不无根据的联系。“文学病例”和“文学疗法”的存在事实，启示人们：（1）文学不仅为医学、心理学和精神分析学等提供病原学、病理学的依据，而且还提供了治疗的方法；反过来，文学研究者可以从医学、心理学和精神分析学的视角来审视文学，挖掘文学的潜在内涵，拓展文学研究的空间。（2）研究文学与疾病或文学与治疗的关系，有助于认识文学和医学在人类生存理念上所信奉的和谐原则，使每个人都能学会如何克服心理紊乱，进行自我调节，心理平衡地生活。同时，也帮助人们走出文学理论书籍中从来都不提及的、文学本身却具有的治疗功能这一盲区。（3）把“文学疗法”夸大为“书疗”，认为读书就是一种治疗，这无疑是不可取的。其中还有谁来读、读什么样的书以及如何读的问题。因而对于“文学疗法”只能谨慎从事，不可将其泛化。或许《一千零一夜》已经告诉人们：“文学疗法”只能是讲故事。

——本文发表于《外国文学研究》2004 年第 4 期

附录一参考文献

[1]、[8]《一千零一夜》，纳训译，人民文学出版社 1998 年版，第 24 页、第 41 页。

[2]、[3]、[4]、[5]、[6]、[7]、[9]、[10]、[11]、[12]［奥］弗洛伊德：《精神分析引论》，高觉敷译，商务印书馆 1996 年版，第 112—113 页、第 132 页、第 168 页、第 97 页、第 323 页、第 295 页、第 62—63 页、第 132 页、第 133 页、第 368 页。

[13]《一千零一日》（第一卷），万日林、朱梦魁译，甘肃少年儿童出版社 1991 年版，第 2 页。

[14]［德］波特兰：《文学与疾病——比较文学研究的几个方面》，叶舒宪主编《文学与治疗》，社会科学文献出版社 1999 年版，第 256 页。

[15] 曹顺庆主编：《东方文论选》，四川人民出版社 1996 年版，第 282 页。

附录二

阿拉伯的“白天”和“黑夜”

——《一千零一日》和《一千零一夜》的比较研究

《一千零一日》（或译《天方日谭》）和《一千零一夜》（或译《天方夜谭》）都是阿拉伯古典文学名著。《一千零一夜》的故事脍炙人口，早已闻名于世。《一千零一日》也不乏精彩美妙的故事，但它却不为人所熟知，其中的原因可能是：一、诚如一位学者所言，也许《天方夜谭》的名气太大，把《天方日谭》给掩盖得默默无闻了；二、一般认为，《一千零一日》是模仿《一千零一夜》的作品，没有多少价值可言。英国东方学家汉密尔顿·阿·基布的《阿拉伯文学简史》、黎巴嫩学者汉纳·法胡里的《阿拉伯文学史》对《一千零一夜》均有少量篇幅论述，但都未提到《一千零一日》。国内学者的有关论著，也是在论及《一千零一夜》时才附带提到《一千零一日》。郅溥浩先生在《神话与现实——〈一千零一夜〉论》一书中说：“不少翻译家把新搜集来的东方故事说成是《一千零一夜》中未发表的故事，或《一千零一夜》的续编或姐妹篇，这其中就有《一千零一日》。《一千零一日》实际上是一部波斯故事集，由法国学者彼狄斯·迪·拉·克罗依克斯在波斯搜集得来，是一部模仿《一千零一夜》的作品。”

（299）这种说法大概是沿用了国内《一千零一日》的第一个译本——香港学者杜渐先生的选译本前言“关于《一千零一日》这本书”的看法。杜渐的选译本是根据威利·费赫塞的法文选本翻译的。甘肃少年儿童出版社在1993年出版了，由朱梦魁、万曰林从阿拉伯文原著十七分册译成十卷本的《一千零一日》的全译本。这个全译本让中国读者第一次看见了《一千零一日》这部书的全貌。

一

《一千零一日》的选译本和全译本先后出版，并没有引起国内学者的足够重视。仅有孟昭毅教授在《比较文学通论》一书中指出，“1761年，意大利著名歌剧作家高齐（1729—1806）创作了本源为《一千零一日》中‘卡拉夫和中国公主的故事’的戏剧《图兰朵——中国的公主》。1801年席勒（1759—1805）将其改编为加添了中国化内容的《图兰朵》。”（100）选译本只翻译了包括整体框架故事（即全书的引子）在内的九个故事，这九个故事中只有两个故事是全译本的故事，即选译本中“世界上最慷慨的人”和“杜兰铎的三个谜”分别在全译本的第三卷《阿布·卡西姆的故事》和第二卷《海莱夫王子的故事》，其余故事则是全译本中没有的故事。更为重要的是，选译本和全译本的“引子”内容各不相同。选译本的引子为：

“克什米尔公主和埃及王子的故事”是讲，“克什米尔公主法鲁克那有一天在花园中，突然被一阵风吹袭，眨眼间发现自己置身在一个长满鲜花和蓟草的草原上，碰见了一个非常英俊的男子，那男子采了一束野花送给她，两人一见钟情，正想交谈，突然间又是一阵风吹来，公主一闭眼，等再睁眼时，已回到宫中花园里了。从此公主害了相思病，不饮不食。国王十分着急。老奶妈（名为苏特鲁美妮——引者注）每日来讲故事给她听，因为她只有在听故事时，才有生存的希望和意愿。老奶妈讲了一千零一日，才把故事讲完了。讲故事的结构，跟《一千零一夜》大致相同。不过，一千零一日之后，还有一段故事，述说最后公主终于同那青年男子团圆了。原来那男子是埃及王子。”（《一千零一日》，杜渐译 4）

全译本的引子是，从前，国王图格鲁尔的女儿赛阿黛公主，长得非凡美丽，求婚者络绎不绝。但她对求婚者一概拒绝。国王通过公主的老保姆毛姬·芭赫尔得知，原来公主做过一个梦，梦见一只公羚羊身陷猎人的罗网，它的伴侣母羚羊立即救出它。不久，母羚羊身陷罗网，向公羚羊求救，公羚羊不肯救它，丢下它逃走了。于是，男子在梦里给公主留下了奸诈、自私和背信弃义的印象，她立志终身不嫁。国王无奈之际，听从老保姆的建议，由她给公主讲故事，一直讲到了第一千零一日，公主才幡然醒悟，同意出嫁。[①] 两部译本引子的差别，直接影响人们对《一千零一日》的思想性的判断，以及它和《一千零一夜》的关系等问题的研究。

选译本和全译本的引子部分及整体故事的差异说明国外存在着《一千零一日》的不同版本。选译本前言提到，《一千零一日》故事最初由波斯大僧正莫切里士将印度民间故事从印度方言译成波斯文。17世纪法国学者克罗依克斯从大僧正莫切里士那里得到译本并将其中的故事译成了法文，并于1785年由荷兰阿姆斯特丹一家出版社印成书出版。但是，关于克罗依克斯从波斯大僧正莫切里士得到《一千零一

① 朱梦魁、万曰林译：《一千零一日》第一卷，兰州：甘肃少年儿童出版社1993年版，第1—3页。

日》仅仅是一个传说性的故事，它的真实性是值得怀疑的。全译本“译者前言”指出：“《一千零一日》由黎巴嫩律师穆罕默德·拉法特根据阿拉伯文抄本和法文译本翻译成阿拉伯文的。艾哈迈德和玛利亚还为《一千零一日》配绘了彩色插图，使全书增色不少。1979 年，贝鲁特知识出版社首次在阿拉伯世界出版发行《一千零一日》。”（《一千零一日》，朱梦魁、万曰林译 2）《一千零一日》的编著者穆罕默德·拉法特在“原著序”中说：

> “在开旺大学（摩洛哥非斯城——引者注）的图书馆里，我偶然发现了该馆收藏的大批陈旧的，但却是珍贵的阿拉伯文手稿，标名为《一千零一日》，作者是德尔维希·穆赫利斯。据悉，《一千零一日》阿拉伯文手抄本最初为埃及已故学者拉法特·巴克·塔赫塔维收藏。这位埃及学者当年在巴黎留学时结识了圣·卡罗（法国东方学者），并将《一千零一日》阿拉伯文抄本赠送给圣·卡罗。历经辗转之后，这份宝贵的阿拉伯文学遗产由开旺大学图书馆珍藏。”（《一千零一日》，朱梦魁、万曰林译 5）

仅据上述两种材料，不妨假设推测：一、《一千零一日》可能有两种抄本，即波斯文抄本和阿拉伯文抄本，它们分别由法国东方学者克罗依克斯和圣·卡罗译为法文，如果这样的假设成立，那么《一千零一日》故事编撰及成书的地点就分别是波斯和埃及。二、《一千零一日》确实有法文译者，但它的原始抄本决非某个确切的作者，这样的作者充其量只是全书的整理编撰者，这是一切民间文学或口传文学的一般规律。它的作者既不是阿拉伯文稿标明的作者——德尔维希·穆赫利斯，也不是收藏阿拉伯文手抄本的埃及学者拉法特·巴克·塔赫塔维；既不是波斯大僧正莫切里斯，也不是阿拉伯的“原著作者”——黎巴嫩律师穆罕默德·拉法特。这些学者包括法国译者在内都很可能对《一千零一日》的抄本作过增删、加工、改编和润色。三、《一千零一日》和《一千零一夜》一样，是多民族民间故事大融汇的产物，它的成书过程是极其漫长的，从最早的故事雏形到传播流变再到最后定型成书历经多个世纪。在没有翔实史料可考的情况下，对其成书时间、成书过程、成书地点等的考证只能依赖对其故事来源的分析研究。

二

《一千零一日》和《一千零一夜》有什么关系呢？是《一千零一夜》影响了《一千零一日》，还是《一千零一日》影响了《一千零一夜》？或者两部书都有同一摹本？对这些问题的澄清有助于更深入研究这部书及相关问题。国内已有《一千零一日》和《一千零一夜》的中译本，对照比较研究可以初步解决上述问题。

对照《一千零一日》和《一千零一夜》，可以发现，两部书中相似的故事有：

《一千零一日》第六卷《黄金城的故事》中“哈里发与牧羊人的故事”和《一千零一夜》第二卷“哈里发徐杉睦和牧童的故事”完全相似；

《一千零一日》第六卷中“巴士拉恋人的故事”和《一千零一夜》第二卷中“哈里德·格斯律和自命为偷窃者的故事”完全相似；

《一千零一日》第六卷“努尔丁和丝特·杜尼亚的故事”和《一千零一夜》第二卷“真假哈里发的故事”大致相似；

《一千零一日》第六卷中“殉情者的故事”和《一千零一夜》第四卷中“赭密尔和一对情死青年的故事”极为相似，古罗马诗人奥维德的《变形记》中“皮刺摩斯和提斯柏的故事”也和这两部书中的故事相似，而且《变形记》中故事发生的地点是在东方的巴比伦。这个故事在西方是非常著名的。乔叟的《善良女子殉情记》中的“希丝庇记”，莎士比亚的《仲夏夜之梦》中采用这个故事，塞万提斯、拜伦等也曾在其作品中提及这个故事。

《一千零一日》第七卷《法官与海盗》中的故事“招待国王的宴会”和《一千零一夜》第四卷《国王太子和将相嫔妃的故事》中第一个大臣讲述的“宰相夫人的故事”大致相似。西方文学名著《十日谈》第一天第五个故事也和上述两个故事相似。

《一千零一日》第七卷中的故事“妻子的计谋”和《一千零一夜》第四卷《国王太子和将相嫔妃的故事》中第四个大臣讲述的“侍卫和泼妇的故事”大致相似。《十日谈》中第七天第六个故事也和这两个故事相似。《一千零一日》第六卷中“尤尼斯与哈夏姆哈里发的故事”和《一千零一夜》第四卷中“郁诺斯和韦利德太子的故事”极为相似。

以上七组相似的故事篇幅一般比较短小，即是短故事。其中，《一千零一日》的“哈里发与牧羊人的故事”“巴士拉恋人的故事”“努尔丁和丝特·杜尼亚的故事”“尤尼斯与哈夏姆哈里发的故事”发生的地点、人物名称等表明它们是阿拉伯的民间故事。《一千零一夜》的“宰相夫人的故事”（《一千零一日》中的“招待国王的宴会”）和“侍卫与泼妇的故事”（《一千零一夜》中“妻子的计谋”的故事）被套于框架故事《国王太子和将相嫔妃的故事》之中，这个框架故事据认为：“其故事起首、内容、格局均表现出印度色彩。”（郅溥浩 23）《一千零一日》除吸收印度民间故事外，阿拉伯等地流传的民间故事也是构成全书故事的重要来源之一。

郅溥浩先生指出：“迦兰是最早将《一千零一夜》翻译介绍到西方的法国学者，在译完七卷《一千零一夜》并出版后，又陆续搜到许多东方故事，并译成五卷陆续出版，这其中就有阿拉伯文版《一千零一夜》原书中没有的《阿拉丁和神灯》《阿里巴巴和四十大盗》的故事。英文译者巴登在译出《一千零一夜》十卷并出版后，又继续搜集翻译了东方故事七卷，附于十卷之后，于1888年出全。不少翻译家把新搜集来的东方故事说成是《一千零一日》的续篇或姐妹篇，这其中就有《一千零一日》。”（郅溥浩 299）论者既说《一千零一日》是《一千零一夜》的续篇，又指出《一千零一日》是一部独立的书，即“《一千零一日》实际上是一部波斯故事集，由法国学者彼狄斯·迪·拉·克罗依克斯在波斯搜集得来，是一部模仿《一千零一夜》的作品。”（郅溥浩 299）这种观点沿用了杜渐先生《一千零一日》选译本前言里的看法。

但是，《一千零一日》全译本的“原著序”说，摩洛哥非斯城的开旺大学图书馆保存了《一千零一日》的阿拉伯文手稿，其作者是德尔维希·穆赫利斯（《一千零一日》，朱梦魁、万曰林译 5）。暂且认为，《一千零一日》有波斯文抄本和阿拉伯文抄本。如果说，《一千零一日》是《一千零一夜》的续篇，是一部模仿《一千零一夜》的作品，那么，支持这种观点的证据难道仅仅是这两部书的叙事结构方式相似，即都采用了框架叙述的形式吗？的确，《一千零一日》和《一千零一夜》的叙事结构，都采用故事套故事的框架结构，按时间分隔分段的形式。所不同者，《一千零一日》用“白天”分隔，即每日清晨，毛姬·芭赫尔讲故事，“这时，外面吹响了号角，宣布又有人来向赛阿黛公主求婚。毛姬·芭赫尔停止了讲故事”，“如此日复日，直到第一千零一日。《一千零一夜》则是以‘夜’为单位分隔分段”，如“山鲁佐德知道天色已明，便停止了讲述”，“山鲁佐德对国王说道”，如此夜复一夜，直到第一千零一夜。除两部书的结构相同外，前文列出《一千零一日》中有七个故事和《一千零一夜》中相应的故事相似。这表明，《一千零一日》中的这七个故事很有可能取自《一千零一夜》。从这个意义上说，《一千零一日》不仅袭用了《一千零一夜》

的结构方式，而且还沿用了《一千零一夜》的少数故事。但是，这种故事套故事的框架结构方式早在《一千零一夜》成书之前就已经在波斯故事集，甚至印度故事集里产生了。如《一千零一夜》的故事来源之一——波斯故事书《赫扎尔·艾福萨那》、印度故事集如《鹦鹉故事七十则》等也采用这种故事套故事或用时间分隔的叙事结构方式。可见，这种结构方式已有久远的传统渊源。不能排除《一千零一日》的编订者也沿用这种传统的和听众读者早已习惯的讲故事的方法的可能性。相似的故事也有取自民间流传故事的可能。《一千零一夜》的研究者指出，阿拉伯典籍《索引书》中记载："《赫扎尔·艾福萨那》，它包含一千个夜；但不足二百个故事，因为一个故事可解讲几夜。"（郅溥浩 6）。这部典籍还提到，十世纪伊拉克人哲赫舍雅里着手编撰一本书，他选了一千个阿拉伯、波斯、罗马故事，每部分自成章节，彼此互不联系。他收集了四百八十个故事，每夜有一个完整的故事，每个故事约五十页（郅溥浩 9）。《一千零一日》的故事是否也取自上述典籍，仅是推测假设，尚无法确证。对于《一千零一夜》的思想内涵，中外学者大多认为，它的思想是双重性的或者多元的。《一千零一夜》全书的框架故事（或引子）讲，国王山鲁亚尔因其王后与黑奴私通，心里充满了对所有女性的愤恨，就每夜娶一女子，第二天清晨就杀了她，以此报复宣泄。宰相女儿山鲁佐德为拯救无辜女子，前往宫中，每夜讲故事吸引国王，讲至一千零一夜，终于使国王感悟，放弃错误念头及行为，并娶山鲁佐德为妻。全书引子的故事表现出厌恶女性、贬低蔑视女性的思想基调。虽然全书中有些故事描写了一些善良智慧的女性，但总体上对女性是带有偏见的蔑视和厌恶态度的。如开篇故事中引用诗人的诗句说：

"别信任女人——千万！/也别相信她们的诺言！/因为她们喜怒哀乐完全与她们阴户相关。/她们外表虚情假意，/内心却被背信弃义充满。/要当心她们诡计多端，/要以优素福的故事为鉴。/君不见，正是由于她们，/魔鬼才会使亚当被逐出乐园。”（《天方夜谭》，仲跻昆、郅溥浩等译 8—9）。

视女性为十恶不赦的魔鬼是《一千零一夜》全书相对统一的思想。而《一千零一日》引子故事则与《一千零一夜》对待女性的态度相反，赛阿黛公主曾夜有一梦，男子在梦中给她留下了可怕的印象。从此以后，她便认为天下所有男子，无不奸诈、自私和背信弃义，她立志终身不嫁。后经老保姆讲故事启悟，消除了她对男子存有的憎恶和仇恨，终于使她同意出嫁。总体上，《一千零一日》全书对女性是持肯定和赞美态度的。

《一千零一夜》和《一千零一日》表现出的思想观念是男权中心与女权中心、厌女心理与厌男心理的二元对立。无论是山鲁亚尔国王，还是赛阿黛公主：一个据亲眼所见，一个据梦中所见，都产生了某种偏执的心理疾病。讲故事实际上就是一种精神分析式的心理疗法，从这两部书中我们看到了精神分析学说的东方思想渊源。

更为有趣的是，《一千零一夜》第五卷《艾尔德施尔和哈娅图·努夫丝的故事》中哈娅图·努夫丝公主同样因梦而产生怨恨男子的心理。梦是这样的：

“有一天夜里，公主在梦中看见自己去逛花园，见一个猎人张网捕雀，把谷粒撒在罗网周围，然后远远躲起来等雀鸟落网。不多一会儿，一群雀鸟飞来啄谷粒，其中有一只雄鸟陷入罗网，无法挣脱，群鸟为之落荒飞散，连它的雌伴也在遁逃之列。但不多一会儿，那只雌鸟又飞转来，不停地啄缠在雄鸟脚爪上的那个网眼，终于啄断了网线，救出雄鸟，然后双双飞去。当时猎人打瞌睡，不曾发觉雄鸟落网，待他醒来，过去一看，见网眼被啄破，只好修理一番，然后换个地方，另行张网，并撒下谷粒，这才坐在较远的地方等着捕鸟。不多一会儿，一群雀鸟飞来啄食谷粒，当中有前次落网被救的雄鸟和它的雌伴，而此次陷在罗网中的，恰巧是那只雌鸟。它的遭遇吓得它的雄伴跟随群鸟一齐展翅飞逃，只剩下它在罗网中挣扎，眼睁睁等待它的雄伴前来救援，可是始终不见它的踪影。猎人打了好一阵瞌睡醒来，见一只雌鸟落在网中，便捉住它，把它给宰了。

“公主从梦中醒来，大吃一惊，喟然叹道：‘人类的男女关系，也像飞禽一样。这只雌鸟爱护、怜惜那只雄鸟，当雄鸟遇难时，不惜冒生命危险去救雄鸟。相反的，碰到雌鸟遭灾遇难时，雄鸟却若无其事，漠不关心，不肯救援，因此，雌鸟对雄鸟的关心、爱护，全是白搭。愿安拉诅咒信任男子的人！因为他们是不承认妇女对男子的恩情而一味抹煞的。’就是因为这个缘故，所以从那天起，公主就开始怨恨男人了。”（《一千零一夜》，纳训译24）

《一千零一夜》第二卷《叔尔康、臧吾·马康昆仲和鲁谟宗·孔马康叔侄的故事》中套有宰相丹东讲给臧·吾马康的故事之一“塔智·木鲁可和朵妮亚的故事”，其中，朵妮亚不愿结婚的原因，也是梦见雌鸽救雄鸽，而雄鸽见死不救。这两个梦和《一千零一日》引子里赛阿黛公主的梦如出一辙：“赛阿黛公主做了这样一个梦：公羚羊身陷猎人布下的罗网，它的伴侣母羚羊立即飞奔过去，在猎人动手捕捉公羚羊之前把它救了出来。时隔不久，母羚羊也陷入了猎人的罗网，它马上向公羚羊求救，公羚羊不肯救它，丢下它逃之夭夭。”（《一千零一日》，朱梦魁、万曰林译2）《艾尔德施尔和哈娅图·努夫丝的故事》是《一千零一夜》中一个相对独立的完整故事（中译本以故事为单位，而非原著以夜分隔分段），哈娅图·努夫丝公主消除她对男性的偏见，不是靠讲故事，而是借助画廊修改梦境达到的。

三

作为一部多民族文学交融而产生的民间文学的巨著，《一千零一夜》表现出双重或多元的思想是正常的。这也就是这部书没有确定作者或无法考证其作者的原因之一。同样，《一千零一日》的故事来源及构成也有这样的性质。《一千零一日》中文全译本这部书的有些故事，可以确切无误地找到它的印度来源。如：

《一千零一日》第一卷《神奇八哥的故事》有“萨希的故事”“魔法鱼的故事”“拉马的故事”和“曼佳拉的故事”四个主干故事。“魔法鱼的故事”中套有“木雕人与馅饼的故事”“会下金币的宝钟的故事”和“莎卜哈佳的故事”；“拉马的故事”中套有“格拉斯和妻子的故事”和“蒂拉克胡奇的故事”，全卷大小故事共计九个。这一卷的框架故事是讲印度商人马达那出门远行，往返需三十天时间。他给妻子帕拉波好蒂买了一只名叫娜拉达的会说话的八哥，让八哥陪妻子做伴。商人离家后，帕拉波好蒂的旧情人维克拉马托其姐姐前来邀请她去探访他。八哥忠于职守，为了不让商人妻子外出，给她讲述了九个故事，直至商人马达那回家。后来才知八哥是被人施魔法由一位商人的女儿曼佳拉变的。待讲述完身世后八哥解脱了魔法，又变回为一个美丽的妇人了。同卷蒂拉克胡奇的故事，即一个机智的妇女躲过老虎和豺威胁生命的故事，是古代印度故事集《鹦鹉故事七十则》中的故事（季羡林 327）。整卷的框架故事也与《鹦鹉故事》大致相同。可以断定，《一千零一日》第一卷《神奇八哥的故事》即是印度《鹦鹉故事》的改（缩）写本。略有差异的是，《鹦鹉故事》讲述七十夜，即七十个故事，而《神奇八哥的故事》讲述了约七十五日，九个故事。

《一千零一日》第五卷《国王和魔鬼的故事》同样是印度《僵尸鬼故事二十五则》的改（缩）写版。《一千零一日》第五卷《国王和魔鬼的故事》包括框架故事在内共有十一个故事，它们是，1. 男人变女人的故事，2. 三个最敏感的人的故事，3. 三个钟情者的故事，4. 为难妻子的故事，5. 三个娇嫩王后的故事，6. 仇恨美女的故事，7. 一个儿子和二个爸爸的故事，8. 献身的故事，9. 四个造狮子的人的故事，10. 返老还童的僧侣的故事，11. 千古之谜的故事。除首尾框架故事《一千零一日》和《僵尸鬼故事》大体相似外，第三个故事，即三个钟情者的故事，是《僵尸鬼故事》的第二则故事；第十一个故事——千古之谜的故事则是《僵尸鬼故事》第二十五则故事。《僵尸鬼故事二十五则》收入印度现存最大的故事集——《故事海》中，因此，同样的故事在《故事海》中也有叙述。

收入《故事海》的印度整本故事集还有《五卷书》。《五卷书》是全世界广为流传的一部印度故事书。《一千零一日》第五卷《国王与魔鬼的故事》中第九个故事——四个造狮子的人的故事，即是《五卷书》第五卷第三个故事。另外，《一千零一日》第六卷《黄金城的故事》中“贞洁之花的故事”是《故事海》第二卷第十三章的故事。第十卷《月亮公主的故事》中有三个故事来源于《五卷书》：第一个故事“蛇的新娘”来自《五卷书》第一卷第二十三、二十四个故事，第三个故事——“獴的故事”源于《五卷书》第五卷第一个故事，第四个故事“不自量力的狐狸的故事”源自《五卷书》第四卷第四个故事。

《一千零一日》第六卷《黄金城的故事》中有一个名为“机智的玛呼达萨”的故事，讲述智者玛呼达萨裁判二妇争子的故事。这是一个在全世界多个民族中间流传的故事。黄宝生先生的“《本生经》浅论”一文依据已有的研究资料指出这个故事的多个变体或异文。如中国汉族故事《聪明的国王》，中国少数民族傣族故事《召莫和西塔》

是这个故事的异文；中国古代典籍《风俗通义》、汉译佛经《贤愚经》、元曲《包待制智赚灰阑记》以及布莱希特受此启发创作的戏剧《高加索灰阑记》等都是这个故事的变体；《旧约·列王纪》中“所罗门以智断案”的故事和这个故事大同小异。巴利文《本生经》第五百四十六《大隧道本生》有相似的故事记载（黄宝生 426—428）。关于《本生经》中记载菩萨智断小孩的故事，是否为这个故事最“原始”的形式，还是《圣经·列王纪》的故事最“原始”，以及谁影响谁的问题，目前学术界尚无定论。但是，确定的是《一千零一日》中《智者玛呼达萨的故事》最接近《本生经》中这个故事的原貌，也就是说《一千零一日》中的故事取自《本生经》，至少受其影响和启发。不过，《一千零一日》中这个故事已没有了佛教色彩，它被波斯化或阿拉伯化了。

《一千零一日》第七卷《法官与海盗》中第四个故事“小伙子与鹅的故事”是一个有趣滑稽的故事，讲一个名叫阿尔康的人的儿子找“鹅”的故事。印度大史诗《摩诃婆罗多》中有一则关于鹿角的传说，其内容和《一千零一日》中“小伙子与鹅的故事”较为相似。莫·温特尼茨指出：“这个传说在印度其他的文学作品里也有不同的翻版，尤其见于《罗摩衍那》《莲花往世书》和佛教的故事集。……佛教的《佛本生经》里保存了这种原始幽默的形态。这个故事在中国和日本都有不同的形式，甚至在西方的独角兽故事里也有它的痕迹。”① 中国民间也有相似的“老虎不吃人”的故事。薄伽丘的《十日谈》中第四天的故事开头有一个小插曲，和《一千零一日》中“小伙子和鹅的故事”相似，故事中称女人为“绿鹅”②。

上述几个故事是有讽刺修行人或宗教意味的。比较而言，印度史

---

① 季羡林、刘安武编：《印度两大史诗评论汇编》，北京：中国社会科学出版社 1984 年版，第 343—346 页。

② 方平、王科一译：《十日谈》，上海：上海译文出版社 1988 年版，第 349—351 页。

诗《摩诃婆罗多》中的故事不论属于佛教，还是属于婆罗门教，它的神话色彩和宗教气息要浓重一些，而且佛教和婆罗门教都是印度的宗教。中国流传的故事是属佛教的，因此，很有可能它是印度故事的变体。《一千零一日》中的这个故事，修行者虽然被描绘成伊斯兰教徒，但他的行为颇像苏菲派教徒。伊斯兰教苏菲神秘主义在注重精神修炼方面，印度吠檀多关于合一或寂灭的教义，瑜伽派关于身心修炼的道路和呼吸吐纳的修行方法，佛教的苦行、治思等，都对苏菲派有着重要的影响。因此，不妨断定，《一千零一日》中"小伙子与鹅的故事"来源于印度，它是印度故事的异文之一。史诗《摩诃婆罗多》中鹿角仙人的故事很可能是这类故事的"原始形式"。

《一千零一日》中的印度故事，主要取自史诗《摩诃婆罗多》《本生经》《五卷书》《故事海》《僵尸鬼故事二十五则》《鹦鹉故事七十则》等印度的故事。这些印度古代典籍一般都存在着成书年代难以确定的问题。关于史诗《摩诃婆罗多》的成书年代，多数学者接受的观点是，公元前四世纪至公元四世纪。时间跨度有八百年之久；《本生经》的原典失传。大约在五世纪，一位斯里兰卡比丘依据古僧伽罗文译本，用巴利文写成《佛本生义释》，即现存的《本生经》；原始的《五卷书》也已失传，现存各种传本。但它在公元六世纪由波斯王呼思罗·艾奴施尔旺命令一个叫白尔才外的医生，把《五卷书》译成巴列维语；《故事海》写于十一世纪；《僵尸鬼故事》收入了《故事海》中，其成书年代应不晚于十一世纪；《鹦鹉故事》成书年代难以确定，现存抄本都是晚出的。据说，这部故事集在十四世纪被译成了波斯语。根据这些印度典籍的成书年代，不难推知，《一千零一日》中的印度故事最早应不早于公元六世纪，最晚的故事应在公元十四世纪，其中的大部分印度故事成书于十一世纪。

仅从《一千零一日》中的印度故事来源看，这些故事共计二十六个，占全书故事的四分之一，数量还是比较可观的。但是，仅用它来分析、推测《一千零一日》的成书年代还是不充分的。接近真实的成书年代的推断还有赖于对《一千零一日》故事的其他来源的研究。

但是，从《一千零一日》完整的故事结构方式、全书框架故事或引子故事及整部书表现出的一以贯之的思想性，即信任女性、肯定女性、赞美女性的观点，说明《一千零一日》的成书过程中，很可能有一个确定的编订者，而且不妨大胆推测：这个编订者是一位具有同情女性的思想意识的男性编者，或者就是一位女性编订者。她曾接触过《一千零一夜》这部书或者读到过《一千零一夜》中的某些故事，但对其中表现出恶意攻击女性的思想表示不满和义愤，决心编撰一部还女性以清白的真实面目的书，这部书即《一千零一日》。她根据许多故事书当然也包括《一千零一夜》民间流传的故事以及自己创作故事，最终编撰成《一千零一日》这部既模仿《一千零一夜》，又批判其思想性的大作。进一步推测，这位女性编订者从《一千零一夜》的“艾尔德施尔和哈娅图·努夫丝的故事”或者“塔智·木鲁可和朵妮亚的故事”中选取了哈娅图·努夫丝的梦境片断作为《一千零一日》的框架故事或引子，又从其他典籍中选取了印度、波斯、阿拉伯，甚至中国、日本、欧洲等民族的故事，经过筛选、归并、扩展、加工，最终完成了《一千零一日》这部思想性迥异于《一千零一夜》的民间文学又一巨著。研究者指出：“一般说，主人公系波斯人者，大致属于波斯故事，阿拉伯人保留了它的基本轮廓，但对内容和情节做过大幅度增添。”（郅溥浩 16）《一千零一日》第二卷中“商人马尔迈尔的故事”“丹雅公主的故事”、第十卷中“孤岛囚徒的故事”和“奇怪的交换的故事”都讲明故事发生的地点是在中国。第十卷中“月亮公主的故事”和日本文学名著《竹取物语》极为相似。中国藏族民间故事《斑竹姑娘》也和这个故事类似。这一类型的故事很可能源于印度，并经中国传入日本，才产生《竹取物语》这样的作品。《一千零一日》中“月亮公主的故事”大概不是由日本传入阿拉伯地区的，可能是由印度经波斯这样的传播路线至阿拉伯地区的。

综上所述，作为阿拉伯“白天”和“黑夜”的《一千零一日》和《一千零一夜》：一部是为女性主人公赛阿黛公主讲故事，另一部是为男性主人公国王山鲁亚尔讲故事；以男性为中心的《一千零一夜》是“黑夜”，而以女性为中心的《一千零一日》则是“白天”。当代西方学者朱迪斯·洛伯（Judith Lorber）认为：“社会性别作为现代社会制度之一，它一直以来的目的就是建构一个相对于男性群体而言处于从属地位的女性群体。每一个被放入‘女人’这一地位的人的生活都是相对男人生活白天的黑夜（night to his day），相对于男人白色的黑色（black to his white）——一直都只是一种幻象。被隔离于男人的空间之外，女人被压迫以确保系统功能的持续。”① 男人代表白天，女人代表黑夜。这样的隐喻方式从世界古代各民族的神话中就能看到，例如，“太阳神”与“月亮神”就分属男性和女性。这种远古的神话观念积淀在现代人的意识中，“白天”和“黑夜”自然就隐喻了男性和女性或者男权和女权，成为社会性别的社会建构模式之一。“白天”和“黑夜”隐喻着具有文化意味的两性抗争，而《一千零一日》和《一千零一夜》就是这种两性抗争的戏剧性的叙述。

——本文原发表于《外国文学研究》2007 年第 2 期。人大复印资料《外国文学研究》2007 年第 9 期全文转载

附录二参考文献

[1]《一千零一日》，杜渐译，辽宁人民出版社 1981 年版。

[2]《一千零一夜》第 5 卷，纳训译，人民文学出版社 1998 年版。

---

① 朱迪斯·洛伯（Judith Lorber）：《“黑夜与白天”：社会性别的社会建构》，郑丹丹等译，《不守规矩的知识——妇女学的全球和区域视界》，天津：天津人民出版社 2003 年版，第 245—282 页。

[3] 《一千零一日》第一卷，朱梦魁、万曰林译，甘肃少年儿童出版社 1993 年版。
[4]《天方夜谭》，仲跻昆、郅溥浩等译，漓江出版社 1998 年版。
[5] 黄宝生：《〈本生经〉浅论》，《外国文学研究集刊》第五辑，中国社会科学出版社 1983 年版，第 408—428 页。
[6] 季羡林主编：《印度古代文学史》，北京大学出版社 1991 年版。
[7] 孟昭毅：《比较文学通论》，南开大学出版社 2005 年版。
[8]《五卷书》，季羡林译，人民文学出版社 1981 年版。
[9] 郅溥浩：《神话与现实——〈一千零一夜〉论》，社会科学文献出版社 1997 年版。

附录三

《一千零一夜》和《伊索寓言》的比较研究

以动物为主角的寓言故事，除了《卡里来和笛木乃》这部翻译改编自印度《五卷书》的寓言集外，在阿拉伯文学中并不多见。然而，《一千零一夜》中却有一定数量的寓言故事，如《一千零一夜》第一卷有两个寓言：即开篇的框架故事《国王山鲁亚尔及其兄弟的故事》中插入了一个寓言故事，名为《水牛和毛驴的故事》和同卷《桑第巴德和猎鹰的故事》。《一千零一夜》第二卷是寓言故事最集中的一卷，其中大约有十一个寓言故事，即：1. 鸟兽和木匠的故事；2. 水鸟和乌龟的故事；3. 狐狸和狼的故事；4. 老鼠和黄鼠狼的故事；5. 猫和乌鸦的故事；6. 狐狸和乌鸦的故事；7. 跳蚤和老鼠的故事；8. 雀鹰和小鸟的故事；9. 小麻雀和苍鹰的故事；10. 箭猪和斑鸠的故事；11. 小麻雀和孔雀的故事。《一千零一夜》第六卷也是寓言故事集中的一卷，其中《国王赭理尔德和太子瓦尔德·汗》中大约插入了九个寓言，即：1. 猫和老鼠的故事；2. 鱼和蟹的故事；3. 乌鸦和蛇的故事；4. 狐狸和野驴的故事；5. 乌鸦的故事；6. 蜘蛛和暴风的故事；7. 猎人和狮子的故事；8. 狐狸和狼的故事；9. 松鸡和乌龟的故事。粗略统计，《一千零一夜》中至少有二十二则寓言。这些寓言加起来也可称得上是一部小型的寓言故事集。这二十多个寓言故事虽不及希腊《伊索寓言》的零头，但相互对比参照，可以发现《一千零一夜》和《伊索寓言》至少有七组九个相同或相似的寓言，如：

1. 《一千零一夜》第一卷中《桑第巴德和猎鹰的故事》：古代波斯国王桑第巴德饲养一只猎鹰，爱如珍宝。一次打猎，口渴难耐，就用金碗接树上流下的奶油似的汁液，几次都被猎鹰打翻，桑第巴德生气地割断了猎鹰的翅膀，猎鹰气绝身死。（纳译本，第37—39页）

《伊索寓言》中《蛇与鹰》的故事说："蛇与鹰互相缠在一起交战。蛇终于把鹰制服了。这时一个农夫看见了，他解开蛇的缠结，使鹰获得了自由。蛇对此很生气，便把毒投到农夫的饮料里。农夫无意中正要喝那饮料，鹰飞过来，把农夫手里的杯子撞掉了。"（王译本，第184页）

2. 《一千零一夜》第二卷中《小麻雀和苍鹰的故事》讲述：一只小麻雀看见鹰抓小羊羔，它也想学，结果飞到一只绵羊身上，羊毛绊住了它的爪子，想飞飞不起，想抓没力气。牧羊人抓住它，剪断翅膀，丢给小孩当玩物。（纳译本，第248、249页）

《伊索寓言》中《鹰与乌鸦与牧羊人》中说，有鹰从岩石上飞下来，把一只小羊抓走了。一只乌鸦看了这事，很是羡慕，就想仿效，它飞到一只公羊身上，脚爪被羊毛缠住再也拔不脱。牧羊人剪去它的翅膀，拿给自己的孩子们。（周译本，第3页）

3. 《一千零一夜》第二卷中《狐狸和狼的故事》是一个大的框架寓言故事。其中插入了狐狸讲给狼的《鹰与鹧鸪》和《过路人与毒蛇》两个寓言。其中《过路人与毒蛇》就是阿拉伯版本的《农夫与蛇》（周译本，第37页）。《狐狸和狼的故事》也和《伊索寓言》中《狐狸与公山羊》（周译本，第18页）较为相似。

4. 《一千零一夜》第六卷中《猫和老鼠的故事》讲述：有一只猫饥寒交迫，就躲进老鼠洞里，乞求老鼠可怜他。等它恢复体力就想抓老鼠吃，结果让猎人的猎犬咬死了。（纳译本，第4—6页）《伊索寓言》中《黄鼠狼和老鼠》（李译本，第178页）与这个寓言大致相似。

5. 《一千零一夜》第六卷中《乌鸦和蛇的故事》讲述，一对乌鸦在树上筑巢产卵，一条毒蛇一个夏天占据乌鸦的栖身之地，搞得乌鸦无处产卵。后有一只鹞鹰吃掉了蛇，乌鸦夫妇就平安地生育了后代。（纳译本，第15、16页）《伊索寓言》中《鹰与狐狸》与这个寓言相同。（周译本，第1、2页）

6.《一千零一夜》第六卷中《乌鸦的故事》讲述：一群乌鸦选领袖，选中了一只苍鹰。苍鹰乘机吃掉乌鸦，剩下的乌鸦商议，第二天一起逃走了。（纳译本，第23—24页）

希腊的费德鲁斯用韵文编写的《伊索寓言》中有一个《鹞鹰与鸽子》的寓言与《一千零一夜》第六卷中《乌鸦的故事》相似。诗中这样说：

> 如果有人接受了邪恶之人的庇护，
> 他想寻找帮助，找到的却是死亡。
> 当鸽子常常能够躲过凶残的鹞鹰，
> 依靠它那迅捷的翅膀逃脱死亡时，
> 恶贼便采用欺骗手段，提出建议，
> 这样诡诈地蒙骗无自卫能力的族类：
> “你们为何宁愿这样恐惧地生活，
> 而不愿立我为王，订立这样的盟誓，
> 让我保护你们，免遭一切屈辱？”
> 它们就这样相信了，把自己托付给鹞鹰。
> 鹞鹰登上王位后，把鸽子一个个吞噬，
> 用他那残忍的爪子维护自己的权利。
> 有只幸存者说道：“我们活该受惩罚，
> 把自己的生命托付给这样一个强盗。”
> （王译本，第215、216页）

7.《一千零一夜》第六卷中《狐狸和狼的故事》讲，一群狐狸发现一匹死骆驼，害怕分不均引起内讧，就请豺狼分配，豺狼独占不给狐狸，狐狸请狮子伸张正义，狮子替他们夺回了食物。（纳译本，第74—76页）

《伊索寓言》中《狮子与驴》（周译本，第90页）和《狮子与驴子与狐狸》（周译本，第91页）与《一千零一夜》第六卷中《狐狸和狼的故事》相似。

上述七组九个相同或相似的寓言中，大约有五组寓言故事在印度的寓言故事集诸如《本生经》和《五卷书》，以及《五卷书》的阿拉伯文本《卡里来和笛木乃》中可以找到。如第二组《一千零一夜》第二卷中《小麻雀和苍鹰的故事》与《伊索寓言》中《鹰与乌鸦与牧羊人》和《本生经》中的《勇健本生》（黄、郭译本，第123、124页）相似；第三组《一千零一夜》第二卷中《狐狸和狼的故事》中插入的《过路人与毒蛇》与《本生经》中的《竹蛇本生》（黄、郭译本，第32—34页）相似；第四组《一千零一夜》第六卷中《猫和老鼠的故事》与《伊索寓言》中《黄鼠狼和老鼠》和《本生经》中的《豹本生》（黄、郭译本，第265、266页）相似；第五组《一千零一夜》第六卷中《乌鸦和蛇的故事》与《伊索寓言》中《鹰与狐狸》在《五卷书》（季译本，第51页）和《卡里来和笛木乃》（林译本，第295页）中有记载；最后一组豺狼分肉的寓言与《本生经》的《达薄花本生》（黄、郭译本，第243—245页）相似。除此之外，《一千零一夜》第一卷开篇的框架故事《国王山鲁亚尔及其兄弟的故事》中插入的《水牛和毛驴的故事》与《本生经》中的《驴儿子本生》（黄、郭译本，第232—236页）相似；《一千零一夜》第二卷《猫和乌鸦的故事》和《本生经》中的《鹿本生》（黄、郭译本，第124—126页）相似。关于《一千零一夜》的来源，郑振铎先生曾指出："除了这三个来源——波斯、报达、开罗——之外，《天方夜谭》还在许多世纪中，继续的吸收了无数的东方民间故事，来源与风格都不相同。"（《文学大纲》，第400—401页）郑先生提到的“报达”即今译之“巴格达”。其中吸收了无数东方民间故事，当然也包括印度在内。《伊索寓言》的翻译者周作人先生曾说过：“佛教的《本生故事》相传为迦叶佛所撰，在印度古代很流行，基督二四一年顷流入锡南，三百年之后由一锡南使臣带至东罗马，旋即译出，名为《吕皮亚故事》（LogoiLybikoi），共约一百则，末准伽陀之列，有数语指示教戒，后来寓言遂沿此习，在古时盖本无有，有时下语拙滞，或反减少效力。这样看来，希腊寓言受印度的影响很不浅，不但是内容有些由于借用，形式上尤有迹象留存，而伊索那时代的式样乃不复可见，这也是一件很可惜的事吧。”（周译本，第172页）因此，很可能《一千零一夜》，以及《一千零一夜》与《伊索寓言》中这些和《本生经》相同或相似的寓言故事来源于印度。

剩下的《一千零一夜》与《伊索寓言》相同或相似的寓言，如第一组《桑第巴德和猎鹰的故事》和《蛇与鹰》，第六组《乌鸦的故事》和费德鲁斯用韵文编写的《伊索寓言》中的《鹞鹰与鸽子》，这两组寓言很可能来源于希腊，《一千零一夜》的编订者借鉴改编了《伊索寓言》。当然也有可能是各自独立产生。《一千零一夜》的研究专家郅溥浩先生，在他的专著《神话与现实——〈一千零一夜〉论》中就寓言有一小部分专论，其中说道：“早期的阿拉伯文学以诗歌见长。在一些诗歌中也散见着类似寓言的情节，如伊斯兰前期的蒙昧诗歌中，就有‘鸽子报仇’‘人与蛇’等传说。穆罕默德之后第四位哈里发也是文学家阿里，在蒙受不白之冤时讲述了一个白、红、黑三头牛被狮子施计先后吃掉的故事，是一则优美的寓言……《一千零一夜》中的一组鸟兽寓言故事是保留下来比较完整的这类作品。其中，有套在大故事中的寓言故事，其大故事本身即是移植的印度故事，如《国王赭理尔德和太子瓦尔德·汗》。由于原故事已失传，在移植中，又加上了许多阿拉伯成分，因此，其中的寓言是否出自印度，也很难考。一些单独成篇的寓言故事，其源头同样难考。它们可能是引介的，也可能是阿拉伯人自己创作的。总之，它们应是当时广泛流传于民间的，被收进《一千零一夜》中，成为阿拉伯文学的一个组成部分。”（《神话与现实——〈一千零一夜〉论》，第107—108页）在无法找到《一千零一夜》中与《伊索寓言》不同的寓言故事，诸如《鸟兽和木匠的故事》《水鸟和乌龟的故事》和《箭猪和斑鸠的故事》等寓言的确切来源时，专家指出的两种可能性是存在的。《卡里来和笛木乃》就是阿拉伯人移植改编再创作印度、波斯寓言故事的例证。既然阿拉伯早期就出现了寓言故事，阿拉伯人自己创造寓言并不是不可能的。

《一千零一夜》仅有二十二个寓言，《伊索寓言》有三百五十八个寓言。在寓言的数量上，《一千零一夜》无法与《伊索寓言》相比，但这也很正常，人所共知，《一千零一夜》不是纯粹的寓言故事集，寓言故事只是其中很小的一部分，更多的吸引人的是富有魔幻传奇色彩的民间故事。那些被收入《一千零一夜》的寓言故事，对于阿拉伯文学尤其是阿拉伯寓言来说弥足珍贵，如果只知道阿拉伯寓言集《卡里来和笛木乃》是阿拉伯人对印度、波斯寓言的翻译改编，而不知道《一千零一夜》还存在寓言故事的话，那么，就自然以为阿拉伯文学中没有自己的寓言。事实上，阿拉伯的寓言集也仅有《卡里来和笛木乃》。毕竟，寓言故事的写作不是阿拉伯人的文学主流和强项。

从《伊索寓言》和《一千零一夜》相似寓言的比较，不难看出，印度、波斯、阿拉伯的寓言和希腊寓言的相互借鉴与影响。需要指出的是，阿拉伯文学与希腊文学的交流绝不仅仅是从欧洲的中世纪开始，也不是从阿拉伯的古典诗歌对西欧骑士文学的影响算起。希腊的信史时期，阿拉伯与希腊就开始文学交往了，或许交往的时间应更提前许多。希腊神话中的神，诸如“酒神狄奥尼索斯起源于伊朗高原和色雷斯。农业和丰收女神得墨忒耳起源于小亚细亚，后来在爱菲斯城邦取得重要地位。狩猎女神阿尔特弥斯，爱情女神阿弗洛狄特都源于东方宗教，即使在她们被接纳，成为奥林帕斯‘十二主神’的成员之后，仍然保留着一些原来的特征。”（《希腊宗教概论》，第2页）索福克勒斯的悲剧以及荷马史诗中斯芬克斯的神话与特洛伊战争也是和阿拉伯有关的叙事。《伊索寓言》中的《骆驼与宙斯》讲述的是骆驼求宙斯给它长角，宙斯生气，不但不给角，还把它耳朵的一部分也扯下了。（周译本，第63页）这个寓言故事与古代两河流域古老寓言《羚羊求角》极其相似。更为有趣的是，《伊索寓言》至少有两篇寓言和阿拉伯人有关：其一，《赫耳美斯的车子与亚剌伯人》说：“有一回，赫耳美斯驾了一辆满载说谎、欺骗、诈伪的车子，往全世界去，各地分配给一点所载的东西。他走到亚剌伯人的国土上的时候，据说那车子忽然坏了。他们以为是贵重的货物，把车子里的东西都抢走了，他便不能再到别人那里分散去了。这就是说，亚剌伯人是在一切民族之上的说谎者与骗子，因为在他们的嘴里是没有真话的。”（周译本，第49—50页）其二，《骆驼和阿拉伯人》说：“有个赶骆驼的阿拉伯人把货物放到骆驼背上，然后问骆驼是喜欢上山还是喜欢下山。这可怜的牲口不无机智地回答：‘你为什么这么问我？穿过沙漠的那条平路难道被关闭了吗？’”（李译本，第29页）这两篇寓言把阿拉伯人描述、塑造成了说谎者、欺骗、抢劫、多言、愚蠢和邪恶的形象。阿拉伯人的形象基本上是负面的。巧合的是，《一千零一夜》中也有希腊人的形象描述塑造。如《一千零一夜》第三卷中《亚历山大大帝和弱小民族的故事》（纳译本，第410、411页）和《哈西补·克里曼丁的故事》（纳译本，第470—471页）。前者讲述亚历山大大帝东征西讨时，经过一弱小民族的国家，其国国王用两个已死国王的头颅打比方，让亚历山大大帝懂得了知足。后者仅提到哈西补·克里曼丁的父亲是希腊的大哲学家多尼亚尔。《一千零一夜》中的这两个故事把希腊人的描述、塑造为征服者、强大、自省、智慧的形象，其中流露出弱小民族注视强势民族时所表现出的复杂心态。但希腊人的形象基本上是正面的。当然也可能是讲故事者的一种假托。《一千零一夜》中对希腊人描述最多的应是第五卷中《努伦丁和玛丽娅的故事》（纳译本，第392—496页）。其中讲述玛丽娅如何从一个希腊公主沦落到一个女奴，以及如何从一个基督徒变成了一个穆斯林。原本一个爱情故事演变成了一场宗教战争。“西洋女郎”—— 玛丽娅背叛并杀死自己的亲人，背叛自己的国家并杀死丞相的行为，恐怕不仅仅是为了爱情，其中狂热的宗教信仰的争夺，多少也透漏出一些历史的真实信息。这样的故事大概产生于1096—1270年间的十字军战争前后。相比而言，《亚历山大大帝和弱小民族的故事》和《哈西补·克里曼丁的故事》则对希腊人的态度温和客气得多。总之，《伊索寓言》和《一千零一夜》中的阿拉伯人与希腊人交互出现绝不是偶然，它也是阿拉伯与希腊交往的文学见证。只不过，相对于《一千零一夜》中对希腊人的描写，《伊索寓言》中对阿拉伯人显然带有某种种族的偏见和歧视，其中表现出来的是强势文化注视弱势文化时所具有的优越感。《伊索寓言》和《一千零一夜》中的阿拉伯与人希腊人交互被描述的不同形象，它们的生成应该与历史上的征服战争、宗教战争和各自对对方的文化书写等因素有关。由此可以判断，《伊索寓言》中的《赫耳美斯的车子与亚剌伯人》和《骆驼与宙斯》两篇寓言大概是中世纪之后或者更晚的时间才被编写进《伊索寓言》的。

综上所述，通过对《伊索寓言》和《一千零一夜》比较分析，不难发现，两部书中约有七组九个相同或相似的寓言，其中的五组来源于印度，其中的两组来源于希腊。《一千零一夜》中其他寓言或来自印度、波斯，或为阿拉伯人自己的创作。此外，《伊索寓言》和《一千零一夜》中的阿拉伯与人希腊人被交互描写、塑造的文学形象，它不仅是阿拉伯与希腊不同的文化接触交往的文学见证，而且可以成为对这两部书展开形象学研究的新领域。

——本文未发表

附录三参考文献

[1]《一千零一夜》（六卷本），纳训译，人民文学出版社 1998 年版，引用该书页码随文注出，文中简称纳译本。

[2]《伊索寓言》，王焕生译，人民文学出版社 2008 年版，引用该书页码随文注出，文中简称王译本。

[3]《全译伊索寓言集》，周作人译，中国对外翻译出版公司 1998 年版，引用该书页码随文注出，文中简称周译本。

[4]［古希腊］伊索：《伊索寓言》，李长山等译，中国对外翻译出版公司 2010 年版，引用该书页码随文注出。

[5]《佛本生故事选》，黄宝生、郭良鋆译，人民文学出版社 1985 年版，引用该书页码随文注出，文中简称黄、郭译本。

[6]《五卷书》，季羡林译，人民文学出版社 2001 年版，引用该书页码随文注出，文中简称季译本。

[7]［阿拉伯］伊本·穆加发：《卡里来和笛木乃》，林兴华译，人民文学出版社 1988 年版，引用该书页码随文注出，文中简称林译本。

[8] 郑振铎：《文学大纲》（上），广西师范大学出版社 2003 年版，引用该书页码随文注出。

[9] 郅溥浩：《神话与现实——〈一千零一夜〉论》，社会科学文献出版社 1997 年版，引用该书页码随文注出。

[10] 王晓朝：《希腊宗教概论》，上海人民出版社 1997 年版，引用该书页码随文注出。

参考文献

［1］《一千零一夜》（三卷本），纳训译，北京：人民文学出版社 1983 年。

［2］《一千零一夜》（六卷本），纳训译，北京：人民文学出版社 1998 年。

［3］陆孝修、陈冬云：《阿拉伯电影史》，北京：昆仑出版社 2011 年。

［4］张望编：《比亚莱兹装饰画》，沈阳：辽宁美术出版社 1981 年。

［5］［英］道尔德·萨顿著：《几何天才的杰作——伊斯兰图案设计》，贺俊杰、铁红玲译，长沙：湖南科学技术出版社 2011 年。

［6］Nathalia Brodskaya：Vladimir Grigor evich Loukonine，H. G. E. Degas，Anatoli Ivanov，Persian Miniatures，Parkstone Press Ltd，2014.

［7］Kay Nielsen：Nielsen's Fairy Tale Illustrations in Full Color，Dover Publications，2006.

［8］Edmund Dulac，Jeff A. Menges：Dulac's Fairy Tale Illustrations in Full Color，Dover Publications，2004.

［9］Jonathan Bellman：The Exotic in Western Music，Northeastern University Press，1997.

［10］［美］约翰·马丁（Martin John）著：《舞蹈概论》，欧建平译，北京：文化艺术出版社 2005 年。

［11］Jeff A. Menges，Arabian Nights Illustrated：Art of Dulac，Folkard，Parrish and Others. Dover publicacion，inc. 2008.

［12］［法］莫尼克·卡尔科·马塞尔、让娜·玛丽·克莱尔：《电影与文学改编》，刘芳译，北京：文化艺术出版社 2005 年。

［13］［加拿大］安德烈·戈德罗著：《从文学到影片》，刘云舟译，北京：商务印

书馆 2010 年。

[14] [美] 大卫·波德维尔（Bordwell. D.）、汤普森（Thompson. K.）：《电影艺术：形式与风格》（插图第 8 版），曾伟祯译，北京：世界图书出版公司 2008 年。

[15] 傅小凡、卢莉蓉：《西方芭蕾舞与现代舞简史》，厦门：厦门大学出版社 2009 年。

[16] [美] 苏珊·桑塔格（Susan Sontag）：《论摄影》（插图珍藏本），黄灿然译，上海：上海译文出版社 2010 年。

[17] Gerard-Georges Lemaire：The Orient in Western Art，Langenscheidt Pub Inc，2008.

[18] [美] 德沃拉·科雷克：《东方舞艺术：肚皮舞》，传神联合（北京）信息技术有限公司译，北京：中国文联出版公司 2010 年。

[19] [美] 爱德华·W. 萨义德：《东方学》，王宇根译，北京：生活·读书·新知三联书店 2007 年。

